都市边界 2020年 木炭 33×43 cm

就像一场雨，路过人间

李勇 著

作家出版社

序

摘一片绿叶

长驻在你心里

王利芬

2020年7月16日上午

北京

当头顶乌云密集，你只能祈祷雨水降落到你思念的尽头……当你的道路只能挂在天边，当你的月亮开始扭曲变形，当你的星辰一颗颗陨落，当倾盆的暴雨变成你的泪水，当你的奔跑变成了雕像，当你溢出的诗句不是为了抒情，只是因为身体和灵魂无法装下悲伤和孤独……此时，你日历上的春天变成了谎言。

每个漫长的人生都会有“日历上的春天变成了谎言”的时候，这就是真实得有些刺眼但仍然让我们不得不挚爱的人生。

读完李勇的几百首诗歌，我被他的诗句深深打动。一个曾经天天和我战斗在一起的同事，突然以一种崭新的面貌出现在我眼前，除了感动，还为他重新找回自我而高兴。

李勇是我在央视二套负责经济新闻时非常能干的同事，我们带领的团队从无到有创建了 CCTV-2 财经频道新闻直播节目的主框架。那是 2002 年，台领导决定恢复创办《经济信息联播》，并以此为基础，陆续推出早间和午间财经新闻，这是一项将二套由以专题为主体的经济生活服务频道转变为以经济新闻直播为主框架的专业财经频道的艰巨任务。我暂停《对话》制片人的工作，受命领头来完成这项新任务。

此前无论是做《新闻调查》《焦点访谈》记者，还是《对话》制片人，我的岗位都不是新闻直播和硬新闻栏目。新闻直播是新闻界要打硬仗的一个特别物种，对我来说是极大的挑战。好在领导及时调来了李勇，他当时是央视一套晚间九点档《现在播报》栏目制片人，曾作为主创人员参与 1993 年以来中央电视台历次新闻节目改革，创办了新闻中心策划组和《现在播报》等多档重要新闻栏目。

他的到来极大地弥补了我的短板，《经济信息联播》的顺利开播，早间《第一时间》和午间《全球资讯榜》的相继推出，都有他对新闻直播流程把控的投入和贡献。新闻直播的工作强度和责任与专题栏目相比，根本不是一个量级，对人的体力脑力和意志力的挑战前所未有。好在有李勇这样一位思路清晰、执行果断、新闻把控能力到位的猛将加入。李勇做事效率高，能吃苦又少有怨言，很难想象当时如果没有他的及时加入，那几档节目是否可以如期播出。

做日播三档新闻节目的工作强度难以想象，每周七天，天天直播，形同身在绞肉机般煎熬，当时资讯工作室里我和李勇等三位同事轮流值班，值班时已经上了一整天正班，晚上六点半还要进演播室上播出班，直到九点半直播完开完播后会，回家时常常都快十二点了。即便不值班也不可能准点下班，有一天我下班时天还亮着，我觉得很奇怪，原来那段时间我们几乎都是在天黑以后才下班，偶尔下班时天还亮着就觉得怪怪的。那时除了工作，我们很少有时间交流别的事情，也不知道他的个人爱好。我只知道李勇是新闻高手，如今才知道他的文学修养这么高，内心的感情如此细腻和丰富，而且能写出如此打动人心的诗歌。

我们一起工作时共用一个办公室，他的电脑屏保是他女儿的一张放大的照片，那时他女儿只有几岁，既憨态可掬，又聪明伶俐，我们都知道那是他的心肝宝贝，但从未见过面。读起他的诗，几乎每一行都能感受到他对女儿的牵挂，如在《芝加哥印象》这首诗里，他这样写道：

一湖水　一座城
每一只飞往这湖碧水的鸟儿
都是为了去捕捉你的倩影
每一趟飞往这座城市的航班
都装满了我的向往和思念

李勇写这首诗时，正值他女儿芝加哥大学毕业典礼前夕，想起十七年前李勇电脑屏保上那个小女孩的样子，再读这些诗句，悠悠过往，历历在目，父爱情深，不禁让人双目湿润。

李勇许多诗句的表达极为独特，常常令人双眼发亮。

雨中偕行，伞其实是多余的

独在异乡，雨其实是多余的

李勇的诗，比喻与夸张手法的应用别有洞天。

有时候

我会无语

不再与暴躁的天气争辩

默默地吞下

几场雷电

几座冰山

几簇火焰

李勇的诗，意象表达常常出人预料。

一丝闪念 / 和笔一起 / 放在纸上

雨的造型 / 看不出年龄

雪堆积成一种纬度，淹没了海拔

常常忽略，洁白 / 也是一种颜色，常常把它 / 出借给一段段空白

收到李勇发来的诗集，我竟然在手机上一首一首看了半个多小时，抬头时，发现眼花缭乱，我这才意识到，我极少这么长时间地在手机上阅读——平常如果有人发一个需要十分钟时间阅读的长文，我基本都是拒绝的——这足见李勇的诗句有多么打动人心。

李勇告诉我，最近几年，他静下心来读了几百本书，这中间包括我赠送给他的很多经济读物，但他说他读书范围很广，远远超过了经济领域。想起我认识的很多人，以忙碌为借口终年读不了几本书，听完后对他肃然起敬。人生悠长又无常，有好书相伴，有诗情勃发，是我们面对无常世事时有力的武器。

没有人希望生活中发生突如其来的灾难，但当我们回看历史，遍览各色人等时发现，在一个更长的时间更广泛的空间

里，在人生的大维度上，很少有人一帆风顺，一路上扬，林林总总的天灾人祸总是不期而至，起伏不定曲曲折折成为人生常态。正如李勇在诗中所说：

不消说，每一场风暴都必定会摧毁掉什么
但幸运的是，我们一起走过了每一个季节
最坏的，最好的……

作为本书的序言，结尾有一句诗涌上心头：

摘一片绿叶长驻在你心里，即便春天有时缺席。

序

我把这本诗集

当成镜子

罗振宇

2020 年 7 月 19 日

北京

在央视的那段时间，李勇是我工作上的领导。但我从来不知道，他也写诗。

媒体人和诗人，虽说都写东西，但其实是两个物种。媒体人关心的是，我的信息投送成功了吗？诗人关心的是，我写出此刻的感受了吗？媒体人的着眼点在彼岸，诗人的立足点在此岸。

注目彼岸的媒体人，看起来受到很多约束，但好处是，可以不断用听众、读者、用户的反馈来喂养自己，最终长成社会需要的某个样子。

而立足于此岸的诗人，他们故意把精巧的逻辑涂抹得模糊，把延绵的思绪破作断章。他们虽然享有了一点点言说自由的便利，但难处在于：应者寥寥。没有众人的围观和回应，他们只好自己喂养自己。所以，他们永远只能是自己的样子。所以，李勇说，享受一段独处的时间，就拥有了一次当诗人的机会。

现实生活的一切都是协作，到处都是“目标、方法和工具”。那，“我”在哪里呢？有幸看到这本诗集。我把它当成镜子，用来探查自己心中那些久被掩埋的东西。

这就像我们常坐飞机，习惯了用“出发”和“抵达”标定的航程，但是偶尔也想有一台自己的无人机。不为去哪里，就为把它放到天上，换个视角看自己，也换个视角看世界。一千年前，白居易有一次批阅李白和杜甫的诗集。掩卷之后，他在背面写了这么一句：“天意君须会，人间要好诗。”意思是：别看老天经常让诗人困顿，但它别有深意。它把诗人驱赶到世俗的一角，看看能不能逼他写出一首好诗。

谨为序。

自　序

欲罢不能的涌动

李勇

2020 年 4 月 9 日

北京

二十余年的新闻职业生涯，写得最多的东西当属新闻作品，消息、评论、主持人串联词、纪录片和专题片脚本等，不一而足，也写过一些理论文章、各类文件、方案、报告……凡此种种从写作范式上统统可称为非虚构写作（虚构和非虚构其实更多的是指文体而非内容）。

长期的非虚构写作使我养成了这样的习惯：一是习惯用第三人称表述，无论写什么东西都把“我”藏在幕后，从不直接表达自己的感情和情绪；二是追求逻辑完整、形式简洁，没有一句废话，少用甚至不用形容词。职业化写作带来的一个结果，就是对“自我”的遗忘。

我是谁？——这是我在一段漫长的独处过程中突然意识到的问题。此前写下的许多文字并非内心驱使的产物。我进一步拷问自己：为什么我会纵容一个与“本我”和“自我”无关的“超我”以我的名义写作？当然，我可以列出很多冠冕堂皇的理由，给自己的行为贴上某种价值的标签，但当意识终于找到失散多年的“自我”的时候，语言的内部结构和外延形态就发生了变化。

于是，诗产生了。

诗是什么？诗是心灵之感的外溢。只有当灵与肉的容器实在无法容纳之时，悲伤、孤独……才会像血一样淌出，化作情绪的拼图和意识的涂鸦。走出了心灵的迷宫，诗要表达存在和存在的本质。

真正的诗不是与哭同质化的呻吟，而是最清醒的梦呓。同样，喜悦和欢愉只有在诗中才能得到最高级的表达，诗是最精准的朦胧。

我们这一代人中曾经不乏理想主义者，我们从小就读徐志摩、北岛、舒婷、余光中、席慕蓉……也曾像海子一样写出迷茫与呼唤……曾在蜡纸上一笔一画地刻写自己的作品，尝试用最原始的方法传播自己的声音……大学时代，北图和海淀图书城曾是我们最常光顾的恋爱场所……我们曾经如饥似渴地阅读弗洛伊德、尼采、海德格尔和康德……我们的内心曾经充满火一样的熔岩。但是，欲望、冲动、激情、下意识、潜意识、追问、质疑、好奇、幻想、白日梦、冒险、探索、文学、诗歌、星辰、自然、宇宙……这些与生俱来的火焰，在世事纷扰中逐渐飘忽不定，甚至逐渐暗淡下去。表面上，人变得更加成熟、更加强大，更能驾驭这个世界的生存法则，其实我们只是给自己穿上了一身沉重的铠甲，一个自以为是的“超我”占领了我们的躯体。此时，“自我”渐渐沉睡，我们渐渐听不到内心深处的窸窣。

当时间退化成一望无际的荒原，当春天堕落为日历上的一句谎言，我便到地球的边缘去听自己的心跳。

诗歌使人平静，让人有机会进入天人合一的妙境；诗歌使人癫狂，这是思想和创意欲罢不能的涌动。

我庆幸，诗歌让我找回了“自我”，回归生命之初。
有这本诗集为证。

这本书里的每一个字都是我写给我自己的。

因此，我把它郑重地献给你。

是为序。

目 录

第一辑

灵魂的漫游

第 二 辑

冰凌上的彩虹

第三辑

折返的太阳

对话

2013年

木刻版画

37×66 cm

第 一 辑

灵魂的漫游

喷发

2015.08

血色的熔岩
在山的体内升腾
雷一样轰鸣
江一般驰骋
比电更有激情
比水更加赤诚
他已经在黑暗中沉寂了太久
他已经积蓄了亿万年的动能
他要打破时间的凝固
他要挣脱时间的缰绳
升腾，升腾

他在山的胸膛撕开裂缝

他喷薄而出

与苍天重逢

像浪一样汹涌

像风一样狂征

燃烧的血液

熄灭了山的永恒

生长的遭遇

2017.10

没有雾的包裹

阳光赤裸

初生的藤萝

爬向一处破败的院落

它想钻进栅栏，去遮掩

老屋的落魄

爬呀爬呀，爬过

一个个日出和日落

不去介意太阳的退缩

或闪烁

一门心思生长，犹如

灵魂无休止地漫游，为了

一个与生俱来的承诺

爬着爬着，藤萝

皱起了眉头

它看见锈蚀的铁门紧锁

“闲人免进！”——

锈蚀的铁牌如是说

某夜的叙事

2018.03.28

天高

无云

夜

有时就在天上

层峦叠嶂中的石头

经常目睹

猪狗被残杀

天高

无云

月亮

高傲地挂着

吃罢枇杷的肉

饮毕桑葚的血

石头拥抱着骨头

谁也分不清石头和骷髅

天高

无云

月亮

高傲地挂着

炊烟

熟透的果

幸存的猪狗

都睡着了

天高

无云

月亮

高傲地挂着

一个激灵

梦飞到月亮上

那上面太光滑

石头和骷髅又滚落回地上

层峦叠嶂中的石头

继续目睹

猪狗被残杀

一声鸡鸣

天高

无云

夜

有时不在天上

我轻轻地飞过

2018.04.10

你的屋顶
上面画着停机坪的标识
如此醒目，朝着
太阳、云和会飞的眼睛
我无限地接近这个标识的靶心，但
我没有降落，我迅速地

升起，朝着太阳、云
那一瞬间，空气在颤抖，但你
不会察觉，那一瞬间，你屋顶
气流的升沉，即使

还有一头猎鹰
正在标志线上驻足，或许
还在张望，但你

不会察觉，那一瞬间，你屋顶
重量的增加，即使

你的房子里闪烁着许多资讯终端
远比鹰眼犀利
你知道每一个清晨几点日出、天明
你知道外面每一个时刻的气温
和未来几十个小时的阴晴
你第一时间就知道朴槿惠、卢拉被判刑
你知道这个世界上哪有最美的风景
下次约会定在了哪一家餐厅
你知道这个房子的屋顶
不仅可以遮风挡雨，还可以

停泊某些型号的飞行器

和一些无足轻重的生命体

但你的屋顶

没有天窗，即使

雷达也无法探测到

某一瞬间，空气的颤抖

无法识别

一些古怪的精灵

他们长着会飞的眼睛

曾经在某个瞬间，注视过

你的屋顶

上面画着停机坪的标识

朝着太阳、云和会飞的眼睛

如此醒目，但你

不知道，也不会有人告诉你

刚才，在你的屋顶

究竟发生了什么

我轻轻地飞过

你的屋顶

你不知道，我也不知道你会不会介意

我，有那么一个瞬间的悬停

在你的屋顶

古代的梨

2018.04.11

我吃了一颗古代的梨
青铜色的皮
血腥味的肉
发了酵的汁

不小心吃了这个久远年代的遗存
我酡然的面颊，在镜中有些颓然
开始思考这颗梨的来历

或许，它是来自博物馆的一个收藏
一部分人视其为珍宝，把它放在
某种神秘的药水中，浸泡了若干个世纪
为了自由，它在复活节前夜溜出

或许，它本来就是一个早已失去了自由的
囚徒，一部分人视其为异类
把它投入监狱，但与阳光无数个世纪的
隔绝，反使它免于氧化
寿命超过刑期，只得将它释放

还有一种可能，它来自高更或达利的
某幅画作，它厌倦了画框里扭曲的
姿势，趁人类集体昏睡之时
纵身一跳，落到了餐桌

或许，它只是我的一个疏忽
我从超市把它买回之后，好长好长时间
忘了吃它

雕塑

2018.04.23

眼前的黑暗

大而无形

我试图重塑这黑暗

徒手抓取，揉搓

然后，不断地堆砌

第一步是增加它的质量和密度

我要重构这黑暗

让它愈发真实

愈发结实

不再虚无

不再弥散

但我尚未想好

要把这一团黑暗

雕凿成一只乌鸦

一个女巫

还是一棵老树

一栋鬼屋

抑或是一个暗物质的黑洞

一尊支离破碎的神像

此时，你攀上高高的树枝

为我眺望安放这座雕塑的位置

废墟

2018.04.28

迷失在一座被遗弃的村庄

抑或是一处被忘却的战场

炊烟

狼烟

没有留下一抹灰烬

残垣断壁里找不到一片

残章断简

只有赤褐色的岩土

筑成赤褐色的戈壁

赤褐色的戈壁

堆成赤褐色的岁月

赤褐色的岁月里没有

春暖花开

莺飞草长

久违了战马的嘶嚎

和鸣金的回响

所有的心情孕育成赤褐色的矿藏

埋在心里最深的地方

炊烟

狼烟

何时再起

给我——

月亮、马鞍和猎枪

种子和太阳

种子 2018.05.06

身型饱满的

体格健硕的

被一一挑出

活埋于地层的

深处

我奋力地举起双臂

托起太阳

双手触摸到喷薄而出的

花簇

太阳的重量未随光芒的挥发而减轻

即便，雨后

太阳仍令我不堪

重负

我不能确定

支撑我的是地壳里深沉的涌动

还是空气中潮汐般的

疾呼

当我气力耗尽之时

太阳倏然坠落

一曲终了，无人

谢幕

我不能确定

太阳是不是这出歌剧的主角

它的表面是否印上了我手掌的

纹路

此时，那些被活埋的种子

奋力地举起双臂

掀开重压的泥土

露出倔强的

头颅

我不能确定

新的太阳是否会变得些许轻盈

新的生命能否托起世界的

迷雾

鱼的顿悟

2018.05.20

海面

烟波浩渺

海底

光怪陆离

鱼儿

成群结队

随波逐流

面对大海的神秘莫测

面对天敌的凶残险恶

鱼儿感叹

宇宙无垠

觅食艰辛

鱼缸中

一池死水

几波微澜

鱼儿

四处碰壁

落落寡欢

深处另类空间

面对别样人生

一条鱼儿陷入沉思

一天，当他再次触摸到鱼缸的四壁

他宣布 ——

我发现了宇宙的边界

密林琴声

2018.07.02

大提琴在密林中奏响

乐音爬上山梁

树干野蛮地生长

枝条奔向太阳

树根专注于生命的走向

丝毫不在意外界的悠扬

小鹿野兔长尾雉出没无常

神经质般的跳跃步步惊惶

落叶在悠扬的间歇鼓掌

捶打大地的胸膛

谁的大提琴

为谁演奏

谁的乐章？

这里是狩猎者的天堂

伐木人的故乡

头盔、玫瑰和其他

2018.07.03

肆意滋生的胡须

突破了铜镜的桎梏

面具是不是多余

赴这场约会

是带上头盔

还是玫瑰

乌云压顶的刹那

沙漠

惊恐地躲在骆驼的身下

飘移的面具

遮住了灼热的眼睛

胡楂

从天而降

落满仙人掌的身躯

河流

在远处蒸发

穷途末路者丢盔卸甲

企图吸干河里的最后一滴血

河床

扑通一声跪下

祈求一场透彻的雨

哪怕一滴盈盈的泪

去浇灌玫瑰

去哪里赴约

在阿兹特克人的图腾中

我看到某种暗示

玛雅人的铭刻里

似乎也藏着一种隐喻

其实

预言和咒语

是用天域体的文字写就的

但古波斯和古印度的版图

已布满尘灰

一个声音在耳畔回旋

来自亿万斯年的回响：

赴这场的约会

请尽量带齐

胡须

指纹

全序列的基因

翎毛

凸透镜

面具

头盔

一张始祖鸟后代的照片

一把测量光年的皮尺

一枝命途多舛的玫瑰

火山的情绪

2018.07.05

火山气喘吁吁

吐出一种情绪

火光逆势上扬

光明与死神迅即交割

一切都可以随心所欲吗？

吹散一朵蒲公英

捅破一个马蜂窝

制造一场流星雨

看看地球有什么反应？

台风飓风龙卷风

地震山洪泥石流

利空远未出尽

火山拒绝休眠

当心，岩浆喷出了电视的边框！

路过

2018.07.12

雨

打湿了夜

打湿了路灯

打湿了江面

我路过无人区

无人区原本存在于意识的盲区

我没有携带雨具

没有携带一滴雨

我无意探险

我只是路过

就像路过一个时髦的橱窗，不为所动

就像路过一片荒芜的坟场，无动于衷

就像路过一位血气方刚的陶俑

路过暮色笼罩着的竹林和桑榆

我路过无人区

无人区原本存在于生命的禁区

我从未打算去猎捕羚羊和野驴

从未想过去捕捞一条小小的鱼

我无意探险

我只是路过

就像一场雨

路过人间

月圆之后

1.

2018.07.17

镜中花

太远

水中月

太深

我时常担心

圆圆的满月会不会坠落

地球上有太多的目光在牵扯

如果重重的满月落入水中

水中的月影将去何方

如果昨天的月影飞上了今天的夜空

那么，昨天与今天有什么不同？

2.

如果重重的满月落入水中

下一个中秋

我们用什么姿势去赏月？

举头，还是俯首？

3.

如果重重的满月落入水中

假设猴子继续捞月

他还会受到嘲笑吗？

不，他会获得一笔风险投资

他会利用杠杆去撬动

这个巨大的实体

串儿

2018.07.17

我把海滩上的细沙
一粒粒拾起
一粒粒打眼儿
拔下一根黑白渐变的发丝
将它们一粒粒串起

就像
把一粒粒贝壳串成手镯
把一粒粒珍珠串成项链
把一帧帧画面串成电影
把千亿颗恒星串成银河

一旦串好

怎么扯

也扯不断

怎么吹

也吹不散

动物简史

2018.07.23

恐龙灭绝的时候

造物主特地在地球上留下了蜥蜴

鱼被留在水中

而鳄鱼则被允许上岸觅食

虽然保留了翅膀

但鸡被取消了飞行的权利

人一旦直立起来

行动的样子就很怪异

候鸟天生就记得回家的路

狗却误把人类当作同伴相依

人模仿蚂蚁建立起社会

多余的尾巴留给了猴子

上帝让人自己去猜

他们究竟来自哪里

有人帮助熊猫繁育后代

有人试图复活恐龙，改天换地

琥珀里藏着很多秘密

其实尘埃里也有，只是你没太注意

如果……

2018.08.28

繁茂的梧桐被秋风吹落了许多枝叶

如同繁体的汉字丢失了一些笔画

如果没有秋风……

如果……

“如果”一出口，就是一种假设

意味着我们给这个世界设定了一些条件

意味着更多的动机、更多的抉择

朱门的漆、门钉的金

如果脱落了，可以重新粉饰

每一次理发都相信头发还会再长出来

哪些改变可以恢复

哪些改变一去不返

当枯槁的梧桐追忆往昔的浓荫

繁体的汉字已漂移到对岸

谁知道变与不变之间究竟有没有“如果”

白云苍狗，沧海桑田

不变的是秦时明月，还有更加远古的

星空，除了霾，似乎并没有增加什么

横切面遐想

刚刚发现 2018.09.20

番茄横切面的图案

竟和星空一样迷人

不，比星空更绚烂

刀，切开一个宇宙

才看到这颗心

一刀切开荒凉

沙砾变得琐碎

主语和宾语常常倒置

被动语态只是一个借口

蔷薇和芦苇早已远去

只有浮云徒步跋涉

看不到船上挥舞的三角旗

只好蜷缩在罚球区等待救援

骆驼耸起一座座山峰

缓缓移动，迈向画家的想象

一条暗渠正在收集硬币

流向不明

一刀切开繁华

聊斋里的狐狸正在化妆

隧道传来铁轨的尖叫

财富从流水线上快速溜走

翡翠羞涩地涨价

石头默默地旁观

飞行器的影子堵塞了街道

树木礼貌地躲闪避让

画皮频繁变脸

水泥、钢筋和玻璃相互倾轧

农民工用中密度纤维板

打造城市的隔断，加班加点

抽刀断水水更流

切不断的是

风，游走在荒凉和繁华的途中

不顾卫星的跟踪

不顾高楼的羁绊

一路疾行，泄露了隐私

切不碎的还有恼人的日历

每一个日期都拒绝最诚挚的慰留

始终吹不走的是熟视无睹的美和

肆无忌惮的丑

浮世绘里从未吹进摇滚的时尚

揉揉眼睛，去读帕慕克的黑书

如果凋零是一种必需

总有人迎风而立

历朝历代

2018.09.22

清晨

打开衣柜

准备更衣出门

我不愿意回到明清

因为都城里已没有了彼时的城墙和城门

我也不愿意回到唐宋

因为李白杜甫白居易苏轼秦观周邦彦均已离开

我更不愿意回到元朝

因为我也是一颗铜豌豆，蒸不熟、煮不烂……

关上柜门，不知如何逃离当下

其实，我不愿意回到任何一个朝代

因为我不喜欢穿

任何一个朝代的

任何一款

服装

穿越时空的月亮

2018.09.24

看见教堂

高耸的尖顶

浮云化作细细的雨丝

雨刮器

自动地哭泣

金樽潋滟

鼓乐激昂

站台的钟声

精准地回归

月圆的时刻

被遗忘的黑白底片

耳聋目瞑

无望地等待

显影、成像

为什么互联网时代

梦不见月亮

因为快递哥只负责传递

统一规格的礼物和

流水线打包的鲜花

因为手机只负责传递

限量版的短语和

提前设定的表情符号

只有被遗忘的邮递员时代

人们才对月吟唱

情书塞满邮筒

风洞幽幽

机翼扰流片按照

空气动力学定律

自动开合

只有原始村落的蝴蝶

才凭心情

扑扇她的翅膀

互联网究竟好不好

谈情不必说爱

节约了相思的成本

蒙太奇

2018.10.02

地下五层停车场

刹车

倒挡

入位

一种隐蔽和逃脱

一种本能和盲动

高速电梯

起飞

心跳正常，耳压

低鸣

歌声、传说

登顶

天池，雾起

地下森林，氧气

弥散

大街，往来的面孔

穿着廉价的西装

目光，巷道，瓦斯

救护车

呼啸而过

一群人，钢筋水泥

林立

编织袋，不断膨胀

繁衍生息

香烟点燃，战火

一串串哈欠

传染

小品，一遍遍重播

傻笑

菜市口，跨世纪的围观
叫好，至今
人头攒动

地下五层停车场
爆满，找不到空位
城门，宵禁
一声令下，一群人
下跪

地下五层停车场
刹车
倒挡
战马
疾驰而过

一群人，后退

下跪

地下五层停车场

入口

出口

标识

鲜艳夺目

箭头指示，开会

下跪

地下五层停车场

刷卡

放行

计时

收费，齐诵

弟子规

下跪

荷尔德林说

不会走路的婴儿

也不得不下跪

一种隐蔽和逃脱

一种本能和盲动

打开窗

玻璃粉碎

白色的、灰色的

一群鸟

在巴洛克风格的广场

在游艇云集的码头

觅食、漫步

岩石

岛礁

灯塔

天空，没有安装

电梯

一群鸟

腾跃

俯冲

尖叫

涛声依旧

在远方

远方除了遥远一无所有　　2018.10.06

—— 海子

门虚掩

窗半启

地板出奇的平静

灯光悄然外泄

房间在眼球中转动

阳台在半空中游荡

月迷蒙

风寂寥

飞驰的星座说

信天翁刚刚来过

逃匿的大地向我展示

一排雪泥鸿爪

窗密闭

门紧锁

我看见

架设在山海之间的大桥

是我的脚步

我看见，我在远方

比远方还远的地方

行走

拉下幕布 2018.10.15

撤下地图

侧身

推开旋转门

走下台阶

匆匆道别

昂首

我以我的名义行走

向前

不顾天气预报的阻拦

向前

抛掉雨伞

路程

萍水相逢

拐过街角

仰天大笑

赤手空拳

走进花园

多事之秋

草木枯朽

山雨欲来

我与乌云同在

继续

走进一盘棋局

奇遇

躲闪不及的暴雨

穿梭在雨季

我收集了足够多的雨滴

这是我唯一的收藏

这是我全部的行囊

雨的造型

看不出年龄

夜醒着

2018.10.18

今夜，无风也无雨
稀疏的月光和车流
不过是一种惯用的伎俩
黑暗如常

催眠师与失眠者
悄然媾和
唯独夜醒着
捆绑着惊慌的夜色

梦呓者乡音无改
梦游者鬓毛已衰
夜一直醒着
假寐者魂不守舍

夜醒着

换上一身冬装

无声地转动年轮

羞辱黎明的至尊

面具

镜中，看不到自己

2018.10.23

面具已长在他的脸上

怎么摘也摘不下来

其实，他并不想真的摘掉

戴着挺好

学会了别人的腔调

人，如细胞一样分裂

一个分成两个、三个

一模一样的人

沉浸于团体操的表演

头脑和肢体整齐划一
任人排列组合

习惯了皮鞭的抽打
便认定面具是最好的盔甲

听见翅膀烧焦的声音
便嘲笑扑火的飞蛾

人人都是出色的演员
活着，面带僵死的笑

即景

季节交替的世纪

2018.10.24

城乡接合部总有一些反常

公交车载着一身拥挤

一站站蹒跚，醉汉般踉跄

直到终点站变成始发站

每个地名都改成乌托邦

喇叭

高亢

瓦砾

疯狂

幸福吗，肇事者自问自答

乌合之众露出龌龊的牙床

传播简史

鼾声沿着铁轨传播　　2018.11.03

预计天明抵达口岸

所有的管道都在发热，试图穿透严寒

太阳能却日渐式微，沦为虚张的表演

所有的颜色都不安分

榨干光线，然后蜕变

黑白分明，斑马线成了最基本的图案

有人质疑，为什么不选择猎豹的斑点

点缀鼾声的是聒噪，棉被压迫严寒

饥饿暗自狂欢

有人只顾着呻吟

听起来像是诡辩

其实，颠沛流离并非事先的安排

情况危急，根本没有准备的时间

战争就这样爆发了，导火线

并非史书描述的那般显而易见

所有可能性都可能被出卖

结局往往在历史的低洼处痉挛

疑问

风向不确定

2018.11.29

所以暂不售票

再等一等

暮色仍在发酵

那段漂泊

始终把情绪作为燃料

目标锁定

千年古窑

新能源

寂寞地燃烧

支离破碎的陶罐

一片也未能脱逃

为什么如此胆怯

陆地退缩为孤岛

密码锁住了

寂静的地标

疾首蹙额，谁解其中滋味

黄钟大吕，抑或嘤嘤小调？

休眠火山

2018.11.30

落叶呵护着熄灭的火焰

休眠中的火山落满烟霞

休眠并未令时光止步

森林和灌木沿着山脊攀爬

放弃死亡，岩石从未获得过生命

谁说不朽就等于永恒？

逃避挣扎，岩浆错过一次又一次迸发

谁说血总是热的？

跳上缆车，搭一艘驶向日光的船

到昔日的火山口，摘一朵玻璃色的浪花

名词

2018.12.05

放下水杯、馒头、屠刀、镜子、诺言、
牵挂、武器、笔、石膏像、仙人掌……
释放能量、二氧化碳、人质、浓烟、狼、
囚犯、压力……
字典在一旁默不作声，像一个字纸篓
悄悄地，将这些名词一一收录
于是，我们学会了说话，学会了写作
但仍然无法准确表达很多事物的名称
比如我此时的心情，字典里没有对应的词语
于是，有了诗歌、音乐、艺术品……
每一首诗歌、每一段音乐、每一幅绘画都是
对一种无以名状的心情的描摹
谁来为这些微妙的心情定义、命名？
其实，世间很多事物都未命名
黑白之间除了灰，红黄之间除了橙

似乎还有许多颜色我们叫不出名字

这或许并不奇怪，因为

创世纪不过是不久之前发生的事情

病愈

高烧消退之后

2018.12.07

我不再服用毒药

受伤的是树叶

疼痛的是历史一瞬

世界正在思念

诞生的一刻

庄子，儒家的敌人

还在寻找栖身之所

我向往的城堡

正向我走来

高耸的塔尖

无限接近天堂

谁裹挟了风

淹没了威尼斯的水巷

晴朗的时候

我不再去医院打针

人来人往

刚刚发现他的化石 2018.12.07

他是二百七十万年前的先祖

初识的陌生人

相见恨晚

熟识的陌生人

熟视无睹

素昧平生的人

摩肩接踵

似曾谋面的人

形同陌路

久别的朋友

擦肩而过

重逢的朋友

人面桃花

未来的朋友

并不陌生

人来

人往

都是

过客

视觉

2018.12.14

玻璃结冰之后

便看不到窗外

景物像黑暗一样透明

玻璃异化为一堵墙壁

这才知道，窗子也是眼睛的一部分

就如同角膜和瞳孔

那么，眼镜也是，风景也是

所有看见的、看不见的

连玻璃和冰花也是

窗外，昏聩的土地长出颓废的肢体

哦，这个可怜的季节

这个无可奈何的世界

它开的花、它结的果

凶残的蜘蛛、隐蔽的罂粟……

都是眼睛的一部分

而我的手、我的触觉、我的神经、我的大脑

会不会背叛我的眼睛?

乌鸦占据行将坍塌的古刹，遮天蔽日

冒险家爬上摇晃的脚手架，如醉如痴

不少物种和部落消亡了

不少语言和信仰消失了

魔术师失误，麻醉师失败

飞行员失联，狙击手失明

道听途说的风景曾在我们的眼中飞行

捕风捉影的幻象随时企图闯入我们的双眼

而我的眼睛是不是揉进了太多的沙粒

因为我去过沙漠，去过戈壁

视线

2018.12.19

隔着尘埃

隔着山脉

混乱的时态

语言苍白

视线，颠覆存在

摩擦，火花盛开

点燃海

点燃沸腾的节拍

火柴早被淘汰

焰火从何而来

望眼欲穿

看见

穿越与流变

万壑云烟

北半球停电

候鸟晚点

我只想再看你一眼

驾驶体验

2018.12.20

一辆车朝我驶来
可能还要驶向更远的未来
我不打算搭乘这辆陌生的车
它的里程与我无关
车上载着什么，超速与否
是不是有人驾驶
我再说一遍：与我无关
路过了数不清的季节
每一个仪表盘都把时间、里程
和能耗纠缠在一起
而油门总是按捺不住，加速下一个野心
道路被迫延伸，终点或是森林深处的黑洞
轮胎被一个个撤换，遗弃在叙述之外
无论途经多少处坟茔，路途一直拥堵
放荡不羁的风，不时变换着速度

蚂蚁则负重行驶，保持匀速

车灯一亮，发现猎豹在草原上狂飙

路牌越来越虚幻，月亮闪身移开

猎豹驾驶的是自己的身体

一段没有仪表盘的岁月

蚂蚁又成功完成了一次超长距离的运输

大地的阴影日益开阔

风，驾驶的是世间万物

而世间万物必将驶向同一个方向

如果地球上确已无处逃遁

回答

表针徒劳地旋转 2018.12.22

一生一世也走不出表盘的设计

不管现在是几点几分

我只想单独坐一会儿

打开报纸

一杯茶，一些琐碎的传说

传说是一阵风

突然把报纸吹进莫名的街巷

远去的报纸将重新变成纸浆

新的纸上仍将印上新的故事

是谁制造了这场轮回

实木座椅向我发出诘问

它说它想回到森林

重新变成一棵大树

哦，我该如何回答它？

空旷

2018.12.25

光线来到这个世界

究竟是为了寻找什么

难道声音四处碰壁

就是为了听到自己的回响

不必急于回答

我等一场春雨来洗涤冬的惆怅

你说黑暗衬托了光的存在

不错，就如岸吞噬了海的苍茫

我并不关心明天的天气

分别，可能发生在任何一个晚上

邮轮缓缓地离开

我早已习惯了汽笛的哀伤

呜，呜，呜——

像海、像黑暗一样空旷

戏里戏外

2019.01.02

依稀听见火车站的钟鸣
例行的声明
把精密的表盘切割成
等分的段落

我带着一片天空进站
这就是第一幕的开场
黄昏把我的外衣留在
第三至第四个自然段

列车驶向悬而未决的黎明
然后，敲下若干空格
以便让春天从这里飞走
终点似是而非

我的全部台词都是沉默

在这种语境下

铁轨编织成了一张网

网住夕发朝至的灵魂

编剧给每一段对白

打上惊叹，场记则标明：

进站口和出站口

隔着万水千山

春天·路牌

2019.01.10

春天复原色彩

是绿色

生命诞生

是复活

程序启动

自然的苏醒

是浪花

接纳沉浮

是新发的枝芽

丈量梦境的宽度

那一天，是香水的味道

飘过海面

是鹅卵石

被塑造

是岸

擦肩而过

一年，真的很长

超过了游戏的周期

春天，是一块路牌

由此前行，路过覆雪的色彩

过程

一颗行星正在靠近 2019.01.12

轨道被弯曲

谁还没有回家

夕阳再次发问

那朵花儿只在夜间开放

她像诗人一样羞涩

如今，还有什么人关注过程

道路远比过程更加遥远

船因此搁浅

海也失去了潮汐的动力

向右旋转

你或许可以与时间同步

但花儿不会告诉你

诗人究竟对她说了什么

去吧，风在召唤

所以麦浪不住地摇头

岁末

2019.01.13

月光的折射

发出清脆的声响

就像干枯的树枝

猛地被人折断

岩石

不会说话

岁末

彼此缄默

大红灯笼钻出仓库

在半空寻找一场聚会

酒精燃烧成各种理由

与形形色色的借口干杯

一串陈旧的语言

噼啪噼啪炸裂黑土

形状

2019.01.19

观测到风的形状
一切摇摆都在意料之中
天空撒下一张扭曲的网
飞禽和走兽茫然不知

观测到水的形状
一切缠绵都有情可原
酸酸的雨
偏执地挂在落地的窗上

观测到光的形状
一切描绘都是强词夺理
变幻就在明暗之间
语言不停地蛊惑

观测到基因的形状

一切繁衍都在据理力争

适者生存的算法

延续的是无可逃遁的命运

结局

2019.11.20

风卷残云的前夜

一切尚不明朗

深呼吸

听一场编钟的鸣唱

绕不开历史

古墓的暗香

震中

位于余波未平的心脏

抢救中

一缕复活的微光

突兀地

闯进漆黑的剧场

千年密室

恰是舞台中央

谁长袖善舞

激活新出土的翅膀

掌声响起

结局走到历史的身旁

战争前夜

2019.01.25

直到认识了黑夜

我才理解了睡眠

流放的不是白昼

是暗恋夕阳的远山

当船在天际出现

我们首先看到的是帆

时间过得真慢

相思的泪水溢出湖畔

金鸡报晓

纯属一种偶然

必将归来的

是地球清醒时的自转

我要发动一场战争

像拿破仑一样驰骋

冲破纬度拉成的警戒

引爆太阳黑子的炸弹

收复沉沦的月光

占领全部——明天

火烈鸟

2019.01.27

这些重复的日子，摞在一起

正好是一本书的厚度

一页页翻开，所有文字

随 —— 风 —— 飞 —— 舞

几十万只火烈鸟，升腾

染 —— 红 —— 天 —— 际

迁徙，从地球最深的一道裂谷出发

填充，宇宙中最苍白的一片天域

有一种火，只能用体温去点燃

有一种红，只能用本色去涂染

这本书的厚度

正好是火烈鸟飞翔的高度

胡同

2019.01.29

明清的街巷

民国的院落

面目不清的门楣

影壁上层层覆盖的

告示和标语

反反复复翻修的

棚户和废墟

挤进了太多的

锅碗瓢盆

横空出世的水管

冰冷的龙头，淌出

自行车的铃声

少年的叫喊

一地的冰

面的和夏利，停在
此路不通的路牌下
公厕，在胡同拐角
拓展出共享的空间

谁的故居，躲过了拆迁
是幸存还是侥幸
却躲不过，一部虚构的电影
在此取景

剥落的墙灰里
正常和非正常死亡的信息
正被人工降雨，冲刷着
一地的泥

风与海

2019.02.02

风中夹杂的是什么
是细碎的雪花
是雪花遇冷而凝的冰碴
是冰碴遇热而化的水汽
是水汽吸附的花粉
是花粉携带的遗传信息
是窒息生命的 PM2.5
是多声道混杂的尖哨
是肉眼无法识别的信号
是一种直言
还是一种暗示

风，吹走了贪婪的睡意
今夜无眠，我们一起看海

世界失去了许多

却始终没有失去大海

风，夹杂着海的野心

海借风势，翻腾出一种

风难以呈现的肯定

一种明示

独奏

2019.02.19

你在高空中奔跑
一骑绝尘，铿然万里

你把草原延伸到天空
彤云密布，雷霆万钧

如果天空更适合奔跑
就把草原留下来守候

马蹄声声，方向是两根并不交叉的直线
一根是被拉直的幻想
一根是被绷紧的神经

闭上眼睛
所有的马儿都摆脱了缰绳

不必太急促

别把雨霁之后的星光踩灭

当不尽的奔腾渐渐远去

才听到笼中鸟儿的啁啾

把天空还给鸟儿?

听到了，听到了——低音在回转

弹指一挥

你又把千军万马带回了草原

……

这里是马的囚笼

筒子河

2019.03.08

箭楼，守望着

城墙拐角处的风云和雨雾

一个瞭望的姿势

坚持了许多个世纪

由警惕变为恍惚

看了许久，还不清楚

筒子河佯装的深度

李自成和多尔衮的来路

夜为什么重复

你问我为什么喜欢在筒子河的岸边散步

为什么非要冒险进入箭楼的射程

因为——皓月当空，你我的对话

需要一块古老的幕布

宇宙之魂

2019.03.11

北方，向北

越过狼出没的地方

向北，再向北

站在太阳隐没的地方

原以为你会在极夜里凋零

没想到，极光在夜空的尽头

为你炫舞

那些绿色的，蓝色的，红色的，紫色的

螺旋的，狂扭的，飞泻的，四射的

远比幽灵更恢宏的魅影

足够耀眼，足够澄明

没想到，你依然年轻

年龄欺骗了日出、彩虹和晚霞

狼兀自哀嚎

极夜无力阻止时间的流逝，但你

没有与时间一起变老

夜色 · 咖啡

2019.03.18

那扇风景凝固的窗户

给我的眼睛涂满夜色

午夜的歌手

趁机为我歌唱

七零八落的乐器

终于找回了舞步

混合了月光的琼浆

记住了这个年份的光谱

夜色在异域的池塘里沉淀

淤泥愈加丰腴

势不可挡的破晓

正在为夜色文身

或许还需要更长的等待

请先将我的咖啡杯预热

所以春天来了

2019.03.29

太阳一阵盘旋

扬尘左右光线

三月曾经飘雪

五月曾经风暴

三月、五月

曾经就是春天

黎明沉睡百年

明前茶才漂浮到杯口

找到春天的档案

找到沸腾的刻度

啊，由此找到

归途

三三两两的鸟儿

从高压线上起飞

漫山遍野的杜鹃

吐出带血的鸣啼

一个人的影子

遮住了大半个星球

阳光在水面上

写下神的暗谕

我愿为你导航

鸽群、帆的长龙

我在我的脸上

画满涂鸦

一个并不复杂的故事

2019.03.30

故事并不复杂
一个人的旅程
走到尽头
就是开始
常常忽略，洁白
也是一种颜色，常常把它
出借给一段段空白
群山起伏
一排排开放的书架
枝头的鸟巢
渐渐被新生的树叶隐藏
歌唱
就是一种怀疑
飞驰而过
在巨石阵迂回

每一座岛上

都浮现出一座教堂

雨中，海平面在沉思

故事并不复杂

奔跑的雕像

2019.04.11

荒原中，奔跑是一尊雕像

无望地追寻，地平线并不承诺
任何猎物 —— 从来不曾承诺

无效地追逐，追不上岁月的速度
始终停留在原点 —— 任风儿掠过

是太阳让你诞生
是大地划定了疆界

这就是传说中的征服之地

战火，铄石流金
你，在目标之外突围

当莫高窟的静默被风蚀

当巴米扬的慈祥被炸毁

只有奔跑依然矗立

有绿洲为证

火光

2019.05.01

丛林中

处处火光

晴好的日子

每一片绿叶都在燃烧

心形的火苗

不断蹿升

宁静被引燃

火光无言，只有

亮度和温度包裹在

穿梭的气流中

每一阵风

都被感染

驻足于火光

忘情的燃烧重新定义

火光的颜色

这个季节之后，你才会看到

灰烬

食物的眼睛

2019.05.06

一盘食物
多少煮熟的生命
食物链顶端的悲哀
只在自己被吞食的时候
才会感悟

愤怒的火鸡
冲向高速公路
全球咖啡价格上涨
是因为亚马逊河流域的土地
干涸吗

庄严的祭礼
人类试图驯服的
恰恰是他们自己

真理在最为显眼的地方

藏匿

别嘲笑

那些被驯服的小麦、稻谷

鸡鸭和牛羊

别看它们的眼睛

它们的眼睛在看你

是，不是

2019.05.09

是不是在我写字的时候

天色向晚，浪花渐远

是那些变异的符号向我呼喊

我不能佯装没有听到他们的提醒

不是我打开了这本难懂的书

是这本书打开了伤痕累累的我

窗外狂风大作

是不是我打扰了这个世界

向苍茫的大地鞠躬

落日余晖不是最后的挽歌

当一切归于平静

影子将涌向何方

与其在空旷的广场上徘徊

不如在你的目光中走完这段旅程

不是我转动了时光的齿轮

钟，兀自摇摆

生态一瞥

2019.05.24

有人在天空中扫雪

有人在画布上剪草

有人在垃圾场晒太阳

有人正在拯救失恋的犀牛

莫愁前路无知己

仙人掌吐出舌头

病毒摘下面具

蜘蛛冷眼旁观

渔网漏洞百出

鱼饵荒诞不经

出海时，我们还年轻

牛仔裤上打着补丁

云层越来越厚

云，正在运算之中

一边存储

一边遗忘

节气列队经过

气温忽冷忽热

第三种语言已经发芽

金字塔渐渐长高

……之后

2019.05.25

大庭广众之下包扎伤口

绷带冉冉升起

凶手在窗口排队

信用卡默默缴费

环境一尘不染

磁场玩世不恭

虽然血流成河

但河的源头仍有人探险

幸存者在镜子里洋洋自得

后遗症被包进精美的礼盒

当基因被编辑

血液迷失方向

救护车冲进黄昏

白大褂迎风飘扬

再现

2019.06.05

雷霆万钧之后

天空归于平静

但雷并未走远

它就躲在天幕的背后

当闪电再一次将天空撕裂

雷就会露头，再一次炸响

让一个季节震耳欲聋

雨过天晴，水面归于平静

漩涡无影无踪

它慢慢地沉入水底

化作龟壳上的花纹

许多年后，龟爬上陆地

龙卷风的来袭与它有关

百毒不侵

2019.06.14

声音四处闯荡

回来的时候，天已经黑了

所以无所适从

你怎么知道

哪一茎绿草

哪一棵蘑菇

哪一粒果实

无毒，可以食用

世间万物并非都有一个拉丁文的名字

记得吗，池塘中曾有一个季节的蛙鸣

以毒攻毒，多么绝妙的主意

青霉素消炎，杜冷丁镇痛

每一种毒素都有一个精彩的分子式

靶向，一厢情愿

毒株，貌美如花

片剂、冲剂、针剂、糖浆、胶囊

早已习惯被化学元素统治

苦，算得了什么

如果寂寞，就吞下孤独

如果悲痛，就吞下苦难

天黑的时候，请关闭所有的灯

推理

2019.06.20

厨师最了解本质

所谓庖丁解牛

所谓分子美食

他合法地拥有凶器

比凶手更接近真相

正是他制造了现场

又清理了现场

诱饵，色香味俱全

目击者，废话连篇

亲历者，自以为是

下水道，比水龙头更为发达

各种推理都落入俗套

如果厨师就是凶手

如果人人都是凶手

自述与旁白

2019.06.28

作为一株水草
我沉入海底
比曾经作为游客
站在海洋公园的玻璃隧道中
更了解大海拥有什么

你无权挑选角色

水母的吸盘
章鱼的爪子
不再与狼共舞
我在窒息中
欢笑

你只能和鱼群一起摆尾

偶尔，我会怀念天空
记得天空比大海还要广阔
但天空一无所有

真的一无所有？

七月

2019 07.11

一道闪电

击中七月

刚刚打印好的登机牌

被点燃

中转站，巴黎

聚散的人群

游离的眼神

核对转机人数，今天的机场

是否有些异样

莫名其妙，被拖进吸血鬼的盛宴

盛夏的味道，变成一台空调的轰鸣

雨，冲刷着夜的污迹

梦，如洪水般汹涌

细菌，就在这个时候

引领一场霉变

天亮，暴雨转多云

天空用乌云为自己化妆

偶然

2019.07.18

又是闷热的一天

站在与昨天一模一样的

日程表上

我以厨师的身份

体验成熟的过程

我把一些词语放进锅里

搅拌

——文火加热

我蘸着语言的调料写下

呐喊

——无声无息

生米与熟饭之间的

某种必然性

是由我在掌控吗？

这纯属一种

偶然

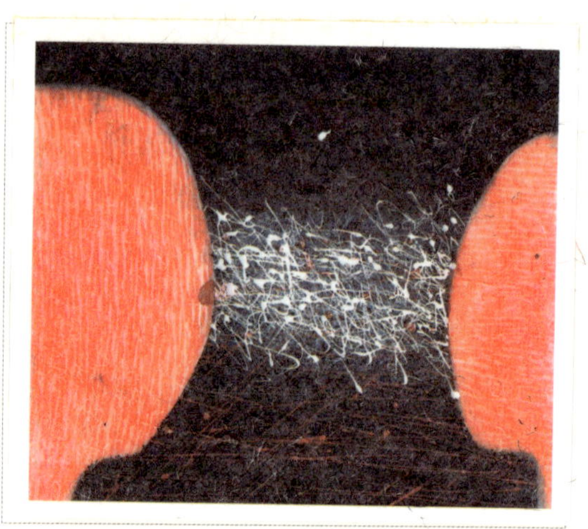

无题
2013年
版画
34×40 cm

第二辑

冰凌上的彩虹

三叶草

1 2015.09.30

三片叶子

就是你的样子

一抹绿意

就是你全部的华丽

如此平淡

如此简单

却是一个蓬勃的肌体

爆发出蓬勃生长的动力

这是造物主信手拈来的创意

还是他刻意而为的简约设计

没有一处赘笔

不滥用一分才思

给生命的本义

最直白的诠释

2

3×n 片叶子

就是我专属的景致

一大片绿色匝匝密密

湖水一般清澈

任镜头不断拉远

这片葳蕤仍充满画面

浸染我的双眼

构成我关于春夏和秋的全部观念

微风吹徐之时

光影流动之间

竟现波光粼粼的波澜

一层层起伏扩散

好似密歇根湖上的涟漪

传来令我欣喜的讯息

中秋之夜写给月亮

2015.09.27

为什么今晚没有一丝光亮
看不到你的脸庞
是乌云遮住了你的模样
还是阴霾挡住了我的目光
是你在天路山遇到了风浪
还是黑暗之魔将我的感觉刺伤

为什么今晚没有一丝光亮
最不该缺席的你躲藏
是你将今天的日子遗忘
还是我不经意迷失了天罡
是我无力跨越宇宙的汪洋
还是你有意逃遁最完美的亮相

我在漆黑的地上彷徨

你在遥远的天际徜徉

你究竟是被困在了天国的城邦

还是已经抵达了星河的船港

请你快快进入我的梦乡

别让爱你的人断肠

近点，再近点

2017.11.19

最喜欢

开车送你上学

一路上

问你这、问你那

有时，你懒得搭理

静静地想着自己的心事

青涩、懵懂

顽皮、不屑

有时，你风趣地回答

妙语、趣事

搞怪、惊悚

一路温馨

给了我绵延一生的最美记忆

我喜欢把车开得离校门

近点，再近点

让你少走几步路，别迟到

你却总是“命令”我把车开得离校门

远点，再远点

我知道

你羞于让同学看到父母的关照

你总想证明自己已经长大

我知道

有时，你不想长大

有时，你又渴望着长大

我也是

既盼着你长大

又不想让你那么快长大

我想把车开得离校门

近点，再近点

你却让我把车开得离校门

远点，再远点

我只好

在供给与需求两条曲线的交叉点

停车

这一停

居然就是好几年啊

爸爸的车抛锚

不能再送你上学了

而你已经跨越大洋

在新的校园沐浴着新的朝阳

我多想

送你去芝加哥

送你去巴黎

哪怕把车停得远远的

远点，再远点

那是一个多么幸福的父亲

旧金山印象

2017.12.18

我爱你

因为你是依山傍海的城

山城

起起伏伏

层层叠叠

高高低低

拒绝中轴对称

拒绝整齐划一

山城

有坡

有石阶

往上看

往下望

亭台楼榭

九曲花街

一步一景

一步一回头

山城

有静默的含苞

有意外的斑斓

曲径通幽处

举手投足间

莞尔回眸

嫣然一笑

看不尽

看不厌

山城

让脚步放慢

山城

让心情错落

依山而又傍海的城

有沉鱼落雁

有闭月羞花

有一览无余的云霞升腾

每一扇窗都拥有浩瀚

亦梦亦醒

每一个睡梦都牵挂着渐远的风帆

亦真亦幻

远航的灯火总也驶不出海的荡漾

漂泊的回望总也绕不开山的跌宕

山与海互为背景

才是惊天动地的凝望

山与海共同见证

才是山盟海誓的痴狂

我爱你

因为你是依山傍海的城

丢失的围巾

不记得那条围巾

2017.12.15

是丢在了陆地漂移之后生成的海滨

还是地壳隆起之后长成的森林

一到冬天就想起那条围巾

一袭冬装难掩你的曼妙与聪敏

反让阴郁的海风多了一分轻柔与温馨

一到冬天就想起那架琴

架设在山海天地梦与记忆的中心

曾经幻想在那条围巾的温暖中千百年地沉浸

一到冬天就想起那封信

不停地追寻山与海天与地梦与记忆中的琴音

一次又一次在那条围巾的舞动中看飞樱落尽

一到冬天就想起那段光阴

海枯石烂的故事直到地老天荒依然鎏金

那条围巾呵护的青春，思念到如今

一到冬天就想起那条围巾

我愿再为你送上最华美的绫罗绒锦

只是再也无法绣上那段丢失的光阴

天使在飞

2017.12.30

你是一只快活的燕子
在爸妈对你的爱与思念之间飞来飞去
飞来的时候，你就把春带来了
飞走的时候，你就把爸妈的心带走了
飞来飞去，娇嫩的翅膀飞不出爸妈的心野
你飞得有多远，爸妈的思念就有多深

你是一只自由的风筝
在爸妈目不转睛的仰望中翩跹
飞得越高，你的云天越美
飞得越美，你的领空越广
飞来飞去，风筝的线一直在爸妈的心上系着
你飞得有多高，爸妈的牵挂就有多长

后记：是日，女儿结束圣诞假期从北京飞回芝加哥

伊豆印象

2018.01.03

伊豆是上帝挑选的一粒种子

一颗萌发躁动与不安的豆子

把它种在明朗与纯净相遇的半岛

生长出层林尽染的料峭

绽放出漫山遍野的妖娆

踏青、采撷

戏水、发呆

眼看着大海与花海一浪又一浪袭来

快，跑回望海的阳台

跳进热腾腾的泉汤

啊，我宣布投降

谁能够抵挡

一波又一波

水天一色的柔情

一壶清酒

一席珍馐

一场饕餮之醉

一个个陶碗和漆器盛装的是

纯纯粹粹

微缩了的

伊豆山水

伊豆是上帝挑选的一粒种子

一颗充满爱意与禅趣的豆子

把它种在了凡间的伊甸乐土

长成茫茫沧海中最美的一粟

愁云

2018.02.25

我凝望的这片云

是不是来自你的天穹

它的洁白是不是映着你不老的颜容

它的飘逸分明就是你旋舞的长裙

我凝望的这片云

是不是你刚刚摘下的花蕊

它一路飘来，是不是凝聚了许多山河的泪水

它的行程分明就是你无奈的找寻

我凝望的这片云

是不是你派遣的信使

它此时的无语是不是写满了你此刻折好的信纸

它的诉说分明就是你心底的氤氲

不知道

我的凝望

能否为你驱散

这片清美的愁云

贺词

你头顶的花冠

2018.03.09

是月桂树的枝和常春藤的叶编织而成的

那上面点缀的一颗颗璀璨

如满天繁星，来自高远的圣殿

你画布上的梦幻

恰如你的冰雪聪明　阳光乐天

每一个线条的飞舞都在传递

银铃般的笑声　不变的童声质感

每一抹任意的油彩都幻化出

一声声飘扬的呼唤

至真、至纯，向上、向善

祝贺你，我的女儿

从密歇根湖到查尔斯河

大西洋也加入协奏

伴着欢乐颂的旋律

鲜花为你铺就全程的红毯

谢谢你，我的女儿

爸妈把你带到这个并不完美的世界

你的使命却是为这个世界创造完美

大千世界因为你

有了更多的想象、更多的灵动

还将有更多凝固的咏叹

更多美的创建

和无限的爱恋

后记：是日，得知女儿被美国多所名校录取为建筑设计专业硕士研究生

突然想起什么

突然想起什么　2018.03.10

在奔腾的溪流中驻足

突然想起什么

在月光的倾泻中迷路

突然想起什么

在止不住的滂沱中收起雨伞

突然想起什么

在夜幕降临的时候冲着太阳呼喊

突然想起什么

在坍塌的圣殿前露出笑脸

突然想起什么

在深沉的睡眠中望眼欲穿

突然想起什么

在逝去的时光中已经走远

漫长的瞬间

2018.03.11

你常用手指撩额上的黑发

凝神思索中

紧锁的眉头会突然

释放出会心的一笑

那会心的一笑啊

是因为曾经被沁润的心扉，至今缱绻

那锁住的眉头啊

是因为高山流水戛然而止，短暂

如北方的春天

那撩发的手指啊

已触摸不到我的伤口，遥远

隔着万水千山

那凝神的思索啊

正在熄灭壁炉里诗的碎片

险些佚失的记忆

被一一串连

复活了那个漫长的瞬间

惊奇的 JOY

2018.04.09

沙浪滚滚　天地悠悠

怎堪春心荡兮

四月飘雪　怆然涕下

怎奈春愁乱兮

与其被黯淡的春光羁束

不如逃　逃到梦里

晨曦

松枝

窸窣的氧气

薄雾的鸣笛

绿溪

山径上的苔衣

鹅卵石见证的涟漪

雀跃的呼吸

随便梦见些什么吧

故乡的栀子花

和飘香的稻米

阳台上的茉莉

和惺忪的虹霓

陌生大陆的角马和雄狮

别忘了，郁金香的主题

去买一支描摹云翳

的画笔

逃　逃到梦里

给平淡的白昼多一个梦

给暗淡的春光多一分惊奇的 JOY

餐后甜品

2018.05.15

厌倦了，厌倦了

一道又一道的铺陈

只盼望最后的一位出场者

它总是最后一个出场

在头盘的惊艳

和主菜的张狂之后

摆出一份沉静的优雅

那是只有阳光才能酿出的味道和色泽

它浓缩了牧场的梦呓

它研磨了农田的心思

它暴露了果实的破绽

它捡拾起阳光洒下的每一粒快乐

它总是伴着一个午后的明媚

或者一个夜晚的清澈

纵使

刀叉收走了

橡木塞丢失了

醒酒器睡着了

所有的味蕾都失忆了

我仍然记得

那个午后那个夜晚最后的优雅

太阳留下的甜蜜与苦涩

山谷里的回音

还记得吗

2018.05.25

山谷里的回音

空灵　悠扬

随云一起缭绕

轻抚每一片树叶

啊，每一个的生灵都听到了

静谧发出的欢笑

还记得吗

山谷里的小径

足音　笑声

露珠不经意间滚落

蝴蝶、野花在草丛中奔跑

曾经驻足，曾经拥有

曾经眺望，曾经拥抱

啊，曾经的山谷

山谷里的回音

逼真的逆光的剪影

随鸟儿和绿溪一起闪耀

还记得吗

山谷里的小径

足音　笑声

山谷里的回音

新年音乐会的交响

随雾霭漂泊

在山峦间跌撞

被失落的山涧吞噬

沉没于松涛的呼啸

芝加哥印象

2018.06.01

一个湖　盛下了一片海
不信，你去湖畔
嗅一嗅那里的风
碧空里的帆　会告诉你
每一颗星的坐标

一座城　撑起了一片天
不信，请回眸
摩天巨塔勾勒出的音符
帆的远影　会告诉你
哪儿是世界最美的天际线

所有的故事都发生在湖畔
博物馆抽象了艺术的瑰丽
交易所定义了未来的价值

信步校园　哥特式的方庭

循着真理的足音　探访自由的学派

这里是高山仰止的圣地

大如一片海，小若一滴水

大西洋与太平洋之间的这颗水滴

钟灵毓秀　造就了这座城

一湖水　一座城

每一只飞往这湖碧水的鸟儿

都是为了去捕捉你的倩影

每一趟飞往这座城市的航班

都装满了我的向往和思念

后记：是日，芳芳飞赴芝加哥参加女儿大学本科毕业典礼

旋转

猎猎长鬃如熊熊火苗

2018.07.05

在盛装舞步的旋律中飞扬

踢踏踢踏，踢踏踢踏

风儿在旋转

笑容在旋转

目光在旋转

我依然记得

你戴着一顶维多利亚式的草帽

风儿在旋转

马蹄在旋转

儿时的木马在旋转

远处的风车在旋转

星空和大地在旋转

裙摆在旋转

华尔兹在旋转

光圈和焦距在旋转

车轮在旋转

方向盘在旋转

发动机在旋转

螺旋桨在旋转

赤道也在旋转

北海和邱园在旋转

祈年殿和泰姬陵的穹顶在旋转

表针在旋转

单宁酸在旋转

年轮和四季都在旋转

慢一点，慢一点

我依然记得

你戴着一顶维多利亚式的草帽

月牙儿

2018.07.16

是谁把古罗马高挑的双耳花瓶
托举到鹅绒般的夜幕之上
露出纤细的脖颈
一条曼妙的曲线

是谁让那从未被人触碰过的百合
在深邃的夜空婷婷绽放
露出纤细的腰肢
一段圣洁的冰肌

月牙儿
你是天上宫阙纤细的门缝
琼楼玉宇乍泄的春光
一道悠远的遐想

月牙儿

你一天天香消玉减

像一只飞爆的气球，气若游丝

似一只漂泊的纸鹤，噤若寒蝉

如一枚褪色的唇印，冷若冰霜

你是谁的吻

谁的芳香

谁的光芒

你是谁的往事

谁的殿堂

谁的新娘

你是谁的心愿

命悬一线

樱花

2018.08.06

一瓣的香馨足以沁人心脾

一朵的俏丽足以撩人心弦

如果是一簇簇一树树地绽放

胭红漫天，落英遍地

花影中多少耳鬓厮磨、蜂缠蝶恋

美丽降临

偌大的太平洋不再涌动，变成一块呆板的大陆

东瀛列岛成了真的海洋，花潮起伏，柔波迤逦

美丽登基

宏伟　壮观　庄严　肃穆　纷纷退下

哥伦比亚特区换上了妩媚的婚纱

飞樱落尽

不禁想起北京有一条名叫樱花的路

没有樱花盛开，但一定走过一位

和樱花一样美丽的姑娘

一定有一场惊天动地的樱花之恋

若不然，为什么

大大小小的路牌、层层叠叠的地图

全都铭刻着她的名字

梦的盘诘

如果你说梦也是一个去处　　2018.08.14

那我肯定去过那儿

问题是——

昨夜共剪西窗烛

究竟是你梦见了我

还是我梦见了你

或者说，是我走进了你的梦中

还是你来到了我的梦里

梦如月光

或明或暗，黑夜里总有它的光亮

梦如月光下的海面

或涨或落，万籁俱寂之后总有它的声响

夜半来，天明去

梦是一出魔幻现实主义的先锋戏剧
情节连续地迷离，角色离奇地游弋
花非花，雾非雾
梦是儿时的一串串肥皂泡
不停地吹，不停地飞，不停地破
或许，我们早就混淆了
什么是思念，什么是梦

问题是 ——
梦之前是什么，梦之后又是什么
是清醒，是失眠，还是酣睡
是出生，是活着，还是死亡
或许，只是另一场梦

香槟

只有白垩纪遗留下的土壤 2018.08.16

和斜射到巴黎东北方向的阳光

才能成就一种称之为香槟的芬芳

开瓶之前，别忘了稍事冷藏

据说葡萄藤栽种三年方能结出酿酒的葡萄

据说香槟经过两次酿造才能变得如此清冽

激情酝酿了太久，需要适度的冰凉

开瓶的时候，别忘了用餐巾裹住瓶塞

据说气泡的压力是标准大气压的六倍

据说酒瓶内的压力比轮胎内的压力还大两倍

狂喜之情溢于言表，需要缓缓地释放

马恩河谷还是巴尔山坡

霞多丽还是黑比诺

三里屯还是纳木错

伊朗鱼子酱还是日本天妇罗

除夕还是周末

畅饮还是小酌

——这些问题重要吗？

不，只需要一枝郁金香

和两只郁金香形的酒杯

最好的季节

2018.09.04

秋是冬的使者

一阵阵风，一阵阵雨，一阵阵风雨

提醒你加衣，提醒你准备冬装

如同战争爆发前，准备刀枪，准备赴死

经历了那么多个冬，我对它

犹如对忧伤一样熟悉

我们在冬天里拥有什么？

棉衣、棉被，雪人、雪橇，还有

棉桃一样柔软、雪球一样冷酷的心结

冬，是这个星球最偏远的边疆

但冬日里，不是所有物种都选择逃亡

一年四季都有人爬到雪线之上去看风景

立于雪山之巅，方能看到一张白纸呈现的世界

想在这张纸上画点什么吗？大胆创意吧

只要不吵醒冻土层里的沉睡，无论再生还是幻灭

立于雪山之巅，方能鸟瞰彼岸的世界

天之南、海之北，青山郭外斜

冬，是一场盛大的郊游

雪崩之前，尽情滑雪吧

滑过陡坡，滑过弯道

滑到月朗星稀，滑进纯白色的黑夜

置身冰天雪地，方能不再悲叹——

无人信高洁

秋，无需你来传信儿

让冬快些来吧

冬天是冰封往事、雪藏爱情的最好季节

星星点点的蓝

2018.10.03

不要以为蓝色都是
鸿篇巨制、史诗和交响
浩瀚的天空与海洋之外
还有一些星星点点的蓝

吉他和班卓编织出“蓝草”的曲调
蓝色牛仔裤哼唱出颤动心扉的民谣
伴着原野的微风和奔放的云朵
这就是蓝草的肖像

真的有蓝色的草、蓝色的花吗
摇曳的风铃草，结出朵朵靛蓝的钟铃花
宛若一只只精巧的铃铛
为静默的绿野带来异响

蓝色妖姬，蓝色的魅影一枝独秀

999 朵红玫瑰在她面前风光不再

俨然白居易笔下的六宫粉黛，黯然神伤

有蓝色的果实吗

多浆的蓝莓一定多情

请为她点燃一盏烛光

有蓝色的鸟吗

灵巧如蓝鸲、蓝山雀

在茂密森林染绿的天空中

划出一道道幽蓝的闪电

还有蓑羽鹤和蓝松鸦

头顶蓝色羽冠、肩披蓝色羽翼的巨鸟

凌空好望角，倨傲亚马逊

身插翎羽的土著手舞足蹈

在大地上飞翔

星星点点的蓝

是噙满海水的云朵淅淅沥沥的歌

爱的雨滴在你的纤指和耳畔凝结

那是坦桑石，亿万年时光折射出的璀璨

蓝是绿与黑搏斗的结局

蓝调，缓缓流淌的一丝丝忧郁

恰是被绿色征服的

那一缕缕黑暗

字痕

2018.11.05

曾经妄想扫除沙漠的灰尘
森林在发际线的边缘止步

渐行渐远的记忆中
一把温柔的刻刀遗失在白桦林中

亭亭玉立的白桦
光洁的身上刻着
许多凹凸的字痕
宛若许多只善睐的眼眸

你最美的时候，就是
说出那个字的时候
当你情不自禁地
滔滔不绝地

说出那个字的时候

天地绽放

万物动容

听风

沐雨

像夜一样睡去

像梦一样醒来

啊，我读到了

白桦身上铭刻的

绰约

放逐

2018.12.02

暴雨冲刷过后

星空留下划痕

天街小雨

弥漫着薰衣草的味道

那是若干年前，峭壁峰顶的餐桌

祥云伴舞，海浪伴乐

那是若干年前，靠近琉璃瓦的露台

云轻星粲，昙花闪现

阳光的灼热

催熟了葡萄与美酒

澄莹的月光

怎能忘记夜光杯里痴痴的私语

放逐雨

放逐青翠欲滴的记忆

放逐夕阳

放逐向日葵崇拜的目光

夜的凝视

2018.12.04

每一个夜里

你是否都睡得甜蜜？

我在最遥远的梦境中凝视你

看你的眉宇是否舒展出笑意

看你的笑靥是否还挂着涟漪

听你的心跳是否恬静地呼吸

听你在梦中是否又对我低语

Have a sound sleep

我在你窗外的风景中伫立

我是雾，月光抛洒的静谧

我是树，伸向星空的云梯

我是轻轻拍打你窗棂的雨滴

我是悄悄爬上你屋檐的晨曦

Have a sound sleep

我在你和世界的中间伫立

我将狂风　暴雨　电闪　雷鸣——

为你屏蔽

Have a sound sleep

每一个夜里

这是我唯一的在意

Have a sound sleep

我只在夜阑人静时凝视你

醒来，请你忘记

梦中所有的经历

纽约印象

2018.12.06

黑白两色的琴键
中间没有过渡的颜色

女神，目光和火炬
一道道光芒突破笔直的街道
飞扬起火花，染红晚霞和枫叶
点亮河水、海湾、大桥以及
地平线上蓝色、绿色和黑色的眼睛

世界的十字路口
来自世界各个角落的面孔和声音
不期而遇，如川流，生生不息
中央公园，千树万树，伸出千万只手臂
千万把金色的钥匙打开一扇扇橱窗
打开曼哈顿的城门

洛克菲勒广场，参天的圣诞树下

冰刀飞舞

新年，正步履轻盈地走来

从第一街到第一百一十街，从春夏

到秋冬，出租车都是明黄的色调

梦幻在星河中流淌，艺术瑰宝

以经典或当代的名义璀璨着

倾城的聚光灯下

百老汇和林肯中心

舞台澎湃，琴键激越

听啊，此曲只应天上有……

致亲人

没有你的来信

2018.12.08

我只能在心中百度你的名字、你的话语

只能在心中搜索你的地址、你的位置

用最坚硬的邮戳敲击心房

在上面贴满最大面值的邮票

写上最大字号你大写的名字

从明信片上的风景走进信封的暗室

易碎的心，被揭去“小心轻放”的标识

与所有卫星、基站、塔台、宇宙射线失联

只能在心中打捞微信、视频的残骸与碎片

于是，写诗，为你写诗

一行诗就是一声呼唤

每一行诗都在呼唤

下一行诗

传统

2018.12.08

景泰蓝在红色预警中

保持沉默

唐三彩在茫茫大漠中

特立独行

京剧、昆曲戴上印象派的脸谱

退到幕后

阳光啊

你为何总是赤身裸体闯入黑暗

别怕

2018.12.11

每一个明媚的清晨，都经历过
一个漫长的黑夜，就像
期待中的每一个明天，都始于
一次全新的日出，就像
观测天象的路上，注定要经过恐惧和挣扎

哦，别怕，忘掉夜的伤疤
忘掉我送你的小花

地球如此之小，黎明与黑暗
近在咫尺，此时满天的朝霞
才是世界对你真实的回答

地球如此之大，我只想放下
一张小小的餐桌，摆上奶酪和刀叉

采菊东篱，把悠然的南山留下

怕冷，就策马扬鞭奔向仲夏

把哽噎和呜咽锁进琴匣

在海角，在天涯

筑起楼台，搭起篱笆

怕黑，就爬上高高的灯塔

给短暂的晨光放一个长长的假

摘下发卡，让飘逸的长发

与粼粼的波光对话

当被黑暗漂染的乌黑的亮丽的瀑布

在我的眼前倾泻而下

我承认，我忘记了出发

昨天·今天·明天

2018.12.30

今天应该去采一束雪花

插在冰雕的花瓶里

把昨天的日记

折成一架飞机

像童年一样起飞

给花瓶注入一点清水

让明天留住花期

拉升高度

翻跃冰凌上的彩虹

飞行目的地

——你

摩纳哥印象

2019.01.05

海天交汇处的瞭望台

把霞光递给城堡

四面八方都是远景

眼前，山花烂漫

国王的卫队正在换岗

历史，一丝不苟

几门大炮眺望远方

战争，遥不可及

日月，昼夜兼程

为爱情编织传奇

峭壁下的海滩

美人鱼在游泳

圣果熟了

心上人等她上岸

山花的名字叫石竹

山坡呢，一个童话的国度

半山　半海　半天堂

遥望

你藏在月亮的背后　　2019.01.30
我只能在晴朗的夜晚
遥望，必须加上一点想象
才能看清你
在涌进窗框的蔚蓝色声涛中
在若隐的晨光和若现的唇色间
明镜深处
长长的睫毛，盈盈的秋水
熟稔的芬芳
挑一件白百合的衬衣
太阳石打磨的纽扣
一件玫瑰花瓣缝制的短裙
红珊瑚雕琢的项坠
一个人远行
大大的拉杆箱里，装满

沉甸甸的

云雀的羽毛

借着月光的滑梯，登上甲板

临风，长发冉冉

轻挽如云

我站在月亮面前

手中攥着那张作废的船票

目力所及，只有藏在抽屉底部的

那封泛黄的信，字迹

不翼而飞

只是回忆

像一个懒腰

2019.03.05

将胳膊伸向天空

陆地，背负着冰雪和风暴

向大海伸出一个半岛

慵懒地挽起

海波的柔情

阳光的蜜意

又可以见到春天了

虽然隔着冬天

抖掉一身积雪

我如疲惫的陆地

向天空伸出一个懒腰

慵懒地挽起

半岛的斜阳

棕榈树的剪影

——多么逼真的回忆

醒来……

醒来，蜡烛已经燃尽

2019.04.08

一线光明的挣扎，是不是就发生在

夜色最深的那一刻

那时你在哪，在哪里

蜡的泪滴已然固化

不再流淌

那时你在哪，在哪里

全世界的蜡烛都在哭泣吗

光明由此陨落

那时你在哪，在哪里

是我的睡梦在助燃吗？

你在哪，在哪里

起来，时间仍停留在从前

我沿着根脉的走向搜索

去打捞垂落的钟摆

此时你在哪，在哪里

密林罅隙的光明

渐行渐远

此时你在哪，在哪里

今天没有日出，醒来如同沉睡

光明全部被埋葬了吗

此时你在哪，在哪里

是我的睡梦在塌陷吗？

你在哪，在哪里

设定

2019.05.18

太阳如约升起

玛雅人把 365 个昼夜设定为一年

从此，每一次日出都被期待

每一次期待都被计量

谁，如玛雅人一般伟大

把 12 个罗马数字描画成永恒的刻度

还为它镶上钻石

无论沉默还是呐喊

总会站在某一个刻度指示的悬崖

或跃然而起或纵身跳下

每一秒不仅清晰而且夺目

还有谁，如此伟大

用精密的机芯模拟出心跳的节拍

然后，上紧发条

把一场爱的时长设定为一生一世

闻香

2019.05.22

一阵风吹来丁香的气息
蜿蜒的小径辗转反侧
失眠是一浪高过一浪的夜潮
把迷航的邮轮推向黎明

港湾灯火通明，二十四小时等待
大海的倾诉
一阵风吹来丁香的气息
风向捉摸不定

小径连接着失眠者的梦境
我只能跟随邮轮靠岸
锚定今天，抵达今天
一阵风吹来丁香的气息

我憎恨今天

因为今天依然不能与你相见

异乡的雨

2019.05.28

谁能想到，这座萧索的城市也会下雨

谁会相信，那声空灵的长笛不会变奏

湿漉漉的心情在灰秃秃的街巷里一败涂地

水泥、沥青打造的不毛之地依旧百无聊赖

只有塑料的鲜花被浇灌，露出仿真的娇艳

一场雨未必就是一幅画

——如果没有撑伞的你

雨中偕行，伞其实是多余的

独在异乡，雨其实是多余的

日记

今天与昨天没什么不同 2019.08.01

今天唯一高兴的事是 —— 进入了八月

这使我相信，时间正如冰川一般移动

尽管这个月和上个月没什么不同

尽管筋疲力尽之时，终点线还在不住地后撤

但我终于得到确认，时间正如冰川一般移动

埋藏记忆

我怕再看到那扇窗那栋楼那条街

2019.09

朗朗月光下重叠的身影

霏霏细雨中被淋湿的灯火

可是，每一座城市每一个路口

空气中总是混合着反季节逆时空的因子

或许是因为灵魂没有随我而来

仍然沉醉于已经散去的花香

我怕嗅到往昔的气息

每一缕柔风都可能触发心底的海啸

这个星球令我绝望

我的记忆无处埋藏

不消说，每一场风暴都必定会摧毁掉什么

但幸运的是，我们一起走过了每一个季节

最坏的，最好的……

想你的时候

偏偏又下起了雨……

天地

2019.11.01

从舷窗鸟瞰大地

距离屏蔽了喧嚣

却第一次看清夜的轮廓

静静流淌的灯河中，我猜想

一定有一辆你驾驶的车

满载着空空如也的光束

从棋盘的一隅

转向

你是去机场接我吗

别再四处寻找了

我已经飞过了界河

我的两翼

在至暗的溶洞里

变成了双桨

意识
2013年
综合媒介
40×60 cm

第三辑

折返的太阳

冬来了

2015.10

同一片云天

同一方屋檐

昨日欢歌不在耳畔

昔日芳邻弃巢飞散

无人晨鸣唱晚

留我独赏秋残

夜无眠

痴心如我留不住南飞燕

落叶无声唤不回花烂漫

聆听寂静几多愁

细数花落多少瓣

数来数去

数不尽

数不清的

离合与悲欢

只等来

一场秋雨一场寒

一场场秋雨一场场寒

空悲叹

冬来了

我该不该怀疑雪莱的乐观

谁敢为我预言

春在哪

春几远

晨星的寓言

2015.10.12

星终于露出了倦容

唯有黎明时分才能发现他的惺忪

露珠在枝叶上快活地滚动

笑脸一般圆润　珍珠一般玲珑

太阳升起后

晨星和露珠都消失得无影无踪

星只是暂时躲到了幕后

他的生命恒久隽永

一旦夜幕拉开

下一次出场依然精彩隆重

露珠却来去匆匆

或许他已化作草木的血液与之交融

或许他已升腾成一片云朵

继续抚慰万物的枯荣

繁星伴我

忘却了凡间的林林总总

直到清晨

露珠一滴一滴打湿我的幽梦

哦，视线模糊了我的从容

无穷的逼问企图驱赶我的懵懂

璀璨如星，是否也有落泪的时候

那滴含笑的眼泪究竟为谁而流

万物有灵，是否都有痛

……

井

2015.10.29

孤独是一眼井

噙满泪水

却流淌不出

任凭液态的悲伤在深不可测中逡回

井是一只深邃的眼

望穿了昼夜的盈亏

却不能释怀胸中的潮汐

任凭潮起潮又退

眼是大地身上的一块伤

深藏不露的心碎

却落满浮华尘世的余晖

任风儿任意地吹

伤是一段故事

再也看不到井口外盛开的玫瑰

泪水与潮水交汇

酿成无人分享的痛与醉

等待

2015.10.30

等待的心情总是无奈

为什么还要等待

等待的结局还是等待

为什么总是无奈

等待

无奈

无奈

等待

无奈的等待

等来的是等待的无奈

在无奈中等待

等来一个无奈的时代

等待

这是生命与时间的竞赛

还是岁月对生命的戕害

时间从不表态

光阴永不言败

等待就意味着存在

存在就有理由再去等待

我等待，电闪之后的雷鸣

我等待，裂变之后的天籁

第一场雪（2015）

2015.11.09

为什么世界只剩下这一种颜色
你覆盖了村庄和房屋
你吞噬了山峦和泥土
你淹没了沟壑和路途
一夜之间，你把姹紫嫣红彻底删除

多少人讴歌你的纯洁
为你的到来而欢呼
我却怀念青青的草木
呼唤太阳的热度
只有我知道你内心的肮脏
你最怕阳光下的暴露

是你一手制造了花残柳败
然后把自己伪装成世上唯一的

花朵　掩盖住大地的啼哭

是你假借圣洁的名义

给这个曾经多彩的世界披上了

一块裹尸布

离开

就这么离开 2015.11.11

没有行包

没有拥抱

没有人知道

没有返程的票

就这么离开

远离喧嚣

放下欢笑

满载前世的烦恼

放逐今生的寂寥

就这么离开

逆着风跑

顶着浪漂

漩涡中舞蹈

风暴中起锚

就这么离开

伤口灼烧

鲜血呼号

直面惊涛

心随骇浪一起跳

人生多少次奔跑

一个个不同的目标

就这么离开

把流放当作一次寻找

就这么离开

让灵魂照耀不曾失落的骄傲

无泪

2015.11.28

寒风朔

催得繁花落

阴霾浊

惹得雾凇啜

一路奔波

铁鞋踏破

怎觅得心冷无措

日如梭

月蹉跎

星隐若

怎奈得人心如漠

剑在握

情未果

英雄无泪再征辽阔

勿忘我

千金诺

天若有情

举觞称贺

雪地·印记

2015.12.19

雪地上一排排脚印

有小猫的、小狗的，男人的、女人的

哦，我认出有一串是我留下的

是我童年的足迹

那是四十多年前那双棉窝踩过的印记

或许是因为今年雪下得格外大

才映出了上个世纪的这处遗迹

早已随冰雪融化、如今又被暴风雪裹挟而来的记忆

洋洋洒洒

飘落在 2015 年的雪地里

时光荏苒中地球变暖了

生离死别间雪下得更大了

穿过无数个寒暑

雪其实从没有停过

雪的颜色

雪的形状

雪的温度

雪的基因

从未因时间的改变而改变

童年的足迹

我必须再踩着你

踏过去

年

年是什么

2015.12.22

时间的刻度

岁月的里程

不，年是一层层不化的积雪

是严冬赠予我的一份残缺

年本是地球已经重复了亿万次的旅行

年却是我亲历的一幕幕蜃景

年本是细分的一段生命

为什么却像气球一样飘忽不定

年就是被分分秒秒冲爆的气球

年更是盛满了喜怒哀乐的烈酒

年是从花开到花落的一个个梦魇

年是最新往事化作的一缕青烟

年不过是悲与喜的容器

年不过是时间身上的一件外衣

年复一年

又到新年

……

惊蛰

2016.03.05

是谁取代了那六角形的晶体

舞动在天与地的罅隙

是久违的雨滴

在天边渲染出温暖的晨曦

然后，洒落在我满是积雪的目光里

雨滴

穿过已经厌倦了这个季节的空气

淅淅沥沥

如歌如泣

雨滴

从来没有忘记自己的归期

雨滴让我再一次相信

再久远的诺言也可以被铭记

再遥远的期盼也会如约而至

雨
在
滴
雨
滴
在
滴
……
滴
……

转瞬即逝

2017.02

不属于任何一片特殊的天穹
不追随任何一个世俗的季候
她不是笃信轮回的候鸟
早已摆脱了所有天体的吸引

不像月圆一样可以预期
不似彩虹一般可以再现
有一种美不可复制
只存在于与我邂逅的那个瞬间

纵然逃出了雨季

纵然再次遇到地朗天晴

我到哪里去寻

那朵曾经盛开的云

第一场雪（2017）

2017.11.02

轻轻地

柔柔地

飘

一切都像没有发生

无声

无息

不愿在地上留下任何痕迹

只给窗框里的风景添一曲静默的舞蹈

蹑手

蹑脚

轻轻地

柔柔地

飘

没有突如其来的震撼

没有排山倒海的咆哮

一切都在意料之中

不需要悲伤和微笑

为什么不给众生一个全新的想象

哪怕一道霹雳搭载的心跳

再见夕阳

2017.11.22

偶然间，意外地

天边再现橙红的云裳

久违的夕阳

依然笑意盈盈的脸庞

蓦地，与我满怀相撞

久违的夕阳

不知你云游何方，从哪里归来

为什么离开的时候，你要带走

西山、长河，星沙、细浪

还有阳台上，那盆粉红的海棠

久违的夕阳

不知与你分别了多久，下次重逢又待何时

为什么失去你的同时，我还丢失了

朦胧的晨曦、慵懒的午后、墨镜和防晒霜

为什么宇宙又回到初始的混沌和彷徨

风吹草低，不见了羔羊

久违的夕阳

当你重新漫步云端，你还能认出我吗

在这个宇宙射线照不到的地方

一身奇装

一脸迷茫

巧克力

2017.11.23

我喜欢甜

但不喜欢糖

糖的甜

太直接

太单调

我喜欢巧克力的甜

它能给味蕾更多的联想

让味蕾链接到

咖啡

冰激凌

提拉米苏

黑森林慕斯

可可奶的芬芳

赤道南边的农场

阿尔卑斯山麓的作坊
圣瓦伦丁节的礼物和佳酿
肯尼迪国际机场托运的行囊

我喜欢巧克力的甜
它能给味蕾更多的联想
让味蕾链接到它的对立面 —— 苦
兼并了苦的甜
更丰富
更醇香
更沧桑

时间断想

曾经去探寻　　2017.12.05

在家乡，在古代

曾经去触摸

用手指，用幻彩

你总是不停地问

时间有没有边界

是谁，常常打乱永恒的节拍

无论爱因斯坦、霍金，还是海德格尔、尼采

似乎谁也没把这个问题说明白

是的，我们在对世界一无所知的情况下

就贸然来到这片疆海

我们发现，时间是丈量存在的一个维度

但不清楚，当存在不再存在的时候，时间是否还在

我曾经说过，时间是逾越了灵魂的永恒

也曾悄悄告诉你，时间只是比生命略长的一个瞬间

大戏早已上演

我们匆匆登上这个舞台

却不喜欢别人设计的对白

一直不懂得什么是存在

还奢谈什么痛苦、悲哀、喜悦和豪迈

愚蠢的表演总被想象力的瑕疵所掩盖

生活，我——拒——绝——彩——排

黑天鹅

黑天鹅 2017.12.06

裹挟着乌云和闪电

向每一个无辜的时刻

喷出火舌

黑天鹅

撒旦豢养的妖魔

冲出幽冥世界的圈舍

向纳入百川的大海发出致命的恐吓

滔滔江水忐忑

驶入漫漫坎坷

舞鞋冲跑了

芭蕾窒息了

柴可夫斯基惊愕了

灵魂的歌

躯体的壳

像雨打的百合

像失速的风车

雨夜灯光

整夜，静僻的路上空无一人　　2017.12.08

雨中，路灯茕茕孑立

灯光和雨水交汇，找寻一条闪亮的河

当孤独的故事叙述到百年

灯光与目光交织，刺破了年轮的怪圈

整夜，雨不停歇，手不释卷

身未移，心已远

拜见

梁思成、冯友兰

对话

茨威格、哈耶克

叩问

孟德斯鸠、萨缪尔森

再去打扰一下

弗洛伊德、莎士比亚
我作证，他们一个也没有死
罗曼·罗兰、亚当·斯密
常常与我促膝

整夜，灯光不曾被雨水浇灭

夜的赞歌

华灯初上 2017.12.23

车灯闪烁

吊灯壁灯台灯探照灯舞美灯霓虹灯

所有的人不约而同地点亮所有的灯

夜复一夜

年复一年

人们以最隆重的仪式迎接每一个夜的到来

这是全人类唯一步调一致的祭礼

向着夜的图腾致意

夜是插着月光的翅膀飞来的

星星是她的眼眸

夜是穿着黎明的盛装飞走的

朝霞是她的裙摆

——夜色如此美丽

花前月下，夜

掩盖羞涩

催熟温情，带来

万家灯火

万种风情

万籁俱寂

——夜色如此温柔

白炽灯荧光灯水晶灯 LED 灯

当所有的光源一起点亮

夜仍然占据着这个世界的广袤

——不要说夜色如此恐怖

地下埋藏着更深层次的黑暗

让我们打开所有的灯

注视夜的降临

夜无法回避

这就是生活

让我们熄灭所有的灯

让夜尽情地蔓延

让我们把所有

形形色色的梦

毫无保留地

献给她

与时间赛跑

2017.12.05

人用一生与时间赛跑

当我们实在跑不动的时候

时间却仍在奔跑……

明知这样的结果，为什么

为什么我们不肯停歇，哪怕一秒？

因为，什么也无法满足——

虽败犹荣的渴望

影子

2017.12.24

影子，忠实的奴仆

失意的时候

只有影子追随我们

形影不分离

孤独的时候

只有影子陪伴我们

形单影也只

无论走到哪里

人总是拖着自己的影子

但人又总是忽视自己的影子

不在乎它是长是短，是美是丑

从不为它打扮

从不为它美容

从不为它掩饰

也不在乎它何时消失

其实，人才是真正的影子
芸芸众生不过是灵魂投射在
地球表面的
一个又一个
影子

今天，我立下遗嘱：
当我死的时候
请带走我的躯体和影子
我只要我的灵魂
留下

祈年殿与青苹果

2017.12.29

总想在时间的河中做下记号
于是有了日月，有了分秒
一个又一个新年的热闹
一次又一次刻舟求剑的徒劳

一座关于年的建筑
一直矗立于儿时的记忆
曾在它的穹顶下屏息
茫然于皇家威权对天宇运行的演释

我的记忆像祈年殿一样悠远
却记得祈年殿东侧的果园
记得那些苹果的青涩
一个个新年之间的隔阂

几十个新年过去了
不知道那些果树是否依然活着
如果依然活着
仍然会结出像童年一样的青涩？

新年来得似乎并不突然
在祈年殿的石阶上即可望见
古往今来的嬗变

无声的引吭

2017.12.31

北京的冬夜常常是一场扫荡
寒风呼号着冲进所有的街巷
歇斯底里地叩击每一扇门窗
瓦石滚落　哐哐哐哐
杂物飞扬　咣咣咣咣

东北的严寒远比北京凄凉
却是一种寂静的苍茫
鸣啼的生物早已远飞他乡
或钻入冻土装死躲藏
雪，一吨一吨地与地面击撞
却闷声不响，像泪珠一般闪闪发亮
只顾滴落却不敢叫嚷
风，吞噬掉空气中的每一丝热量
从骨缝钻进你的体膛

在你的耳朵手脚和神经上埋下暗疮
却从不声张，活像暗杀者惯用的无声手枪
屋檐下的冰凌前一秒还是液体，还在滴淌
某一瞬间气温无声的引吭，就把它凝固成棱状
曾经自由的落体还保持着向下俯冲的模样
就被悬停在空中，展示逃跑时的仓皇
风，被冻成了一座凛冽的雕像
就那么矗立着，如一堵无形的墙
比钢铁冷酷，却少了钢铁的铿锵

听，只有血管里的血液在流淌
奔入心室，发出怦怦的声响

等待春天

2018.02.27

我知道第一滴春雨已坠入远方的海

我知道第一朵迎春第一朵玉兰在哪里盛开

我知道春风总是沉湎于她最早染绿的河湖与山脉

然后，才会想起羌笛关于杨柳的表白

她总是在最后一刻才姗姗到来

她总是辜负玉门关外

一片痴心的等待

沙暴来袭

2018.04.01

大漠，孤烟

风如狼般地嚎叫

不知道大海蕴积了多少滴水

更不知道大漠积淀了多少粒沙和

多少粗粝的怨恨

太阳的光奄奄熄灭

月亮的芒摇摇欲坠

天空露出嗜血的狰狞

石窟里的神像五内俱焚

被埋葬的帝国复活了

万丈红尘如铁骑狂飙

踏过无知无畏的草原

跨过弱不禁风的长城

它要扼杀黄河的涌动

它要窒息春天的热吻

一组静物（组诗）

1. 盆景

2017.12.02

花匠　技艺精湛

剪刀　锐利无边

你的枝枝蔓蔓

瞬间被剪

飘零飞散

像修剪人的头发一样轻巧

像宰割牛的躯体一样果断

无一丝犹豫

无一分踟蹰

霎时间

你便出落得千娇百媚

你立刻登堂入室

你顿时身价百倍

你脱离了你的族群

把根植入了一个浅薄的花盆

不再被阳光追寻

不再被雨露滋润

再不能置身于云蒸霞蔚

再不能陶醉于天地之美

当剪刀在你的身上挥舞

没人在意你有没有思想

是否愿意从宇宙精灵沦为人间玩物

当剪刀在你的身上挥舞

没人在意你有没有审美

是否愿意从自然造化落入淫巧之俗

当剪刀在你的身上挥舞

没人在意你有没有知觉

伤口流出的是泪是血

2. 冰花

2017.12.12

雪花洋洋洒洒地写在地上

冰花浓墨重彩地印在窗上

太阳肆无忌惮地放出光芒

气温毫不留情地冻结它的欲望

冰花是神之笔绘就的

一片片枝叶狂野生长

一簇簇花朵大胆写意

透明的墨彩滑到冰点之下怒放

冰花是鬼之斧雕成的

纹路晶莹，切割剔透

如细碎的钻石折射出七彩霓虹

刹那间，窗上浮现出教堂穹顶的

幻彩，窗外传来华美天堂的咏唱

冰花定格了造型

雪花停止了飞舞

当气温把这所有的场景凝固

我惊叹于我的气息

竟会变成如此美丽的浮雕——

一棵冰清玉洁、缀满璀璨的圣诞树

可不，圣诞和新年就要到了

3. 眼镜

2018.01.19

严冬，一进屋

镜片便蒙上了一层薄雾

令我视线模糊，提醒我室内室外的冲突

很多年了，一直是你帮我调节眼球中变形的晶体

将映像准确投射到我的视网

令我看清这个世界的杂芜

你总是那么尽职尽责，让我须臾不能离开你的帮助

但是，今天我向你发出请求

当再次遇到卑鄙和龌龊的时候

你能不能生发出一些浓雾

将我的视线死死地蒙住

4. 书签

2018.04.02

你总在我停下的地方守候

那里是文明史上的一个断面

你在帮我继续思考吗？

你总在我前方的站台守望

那里是时间抛物线上的一个切点

你又在催我下一次的出发？

薄如一片落叶

轻若一根羽毛

你从某个庞大的躯体上

剥离，坠落

你携带着命运突变的基因

和记录那次飞行失事的黑匣

你搭载着时空转换的引擎
和标记着每一段成败的密码

你是我意念的光标
在我的心屏上像虫一样攀爬
然后结茧，吐出一种算法
制造出我的表达

春雨

2018.04.03

第一场雨

极为有限的雨滴

落在屯里

院里

深井里

酱缸里

落在枝上

杈上

大棚上

坟堆上

落在河里

沟里

泥塘里

鸡窝里

落在帽上

脸上

袄上

草垛上

田埂上

落在四月的春色里

落在清明的春风里

唯独不在

我的心里

无语

2018.06.27

有时候

我会无语

不再与暴躁的天气争辩

默默地吞下

几场雷电

几座冰山

几簇火焰

有时候

我会无语

不去感怀日月的悲欢

默默地摘下

阳光催熟的果实

再用酵母的灵感

将它点燃

释放出酒精和二氧化碳

双重的咏叹

有时候

我会无语

望着南飞的大雁

忘记了词汇、语法和发声的器官

一定需要告别吗?

如果,天边

有汩汩的清泉

如果,远山

有茵茵的草甸

有时候

我会无语

用休止的音符去装点

看不见的绚烂

有时候

我会无语

用大幅的留白去拨弹

画外的琴弦

安魂曲

2018.06.30

快，折起翅膀，停飞
熄灭桅灯，靠岸
跟自己说一声 —— 晚安
安恬，入眠
纵使睡上千年，一切亦是过眼云烟
睡吧，蛰伏在每一个可疑的夜晚
和灰暗的白天

当风儿扬帆
天空就会向你走来，给你无限湛蓝
太阳也会为你折返，给你水光潋滟

醒来，将羽毛舒展
地平线将把你托起，带你回到仲夏
再见苏醒的蝴蝶和梦中的睡莲

旅途絮语

把一生的行囊统统托运

2018.07.27

轻装走进机舱

静候引擎轰鸣

小姐，请给我一杯橙汁

我要给洁白的云朵捎去一抹暖色

机长，我要跨过日界线

找回刚刚过去的这一天

每一次登机

都是一次新的出发

一切都可以重新开始吗

是啊，有什么不可以重新开始呢

请您关闭手机，确认系好安全带

此时，八千里路只剩下云和月

一万米高空看不到纷繁的国界、喧嚣的市井

冰川、雪峰

大漠、草原

大江、大洋

丛林、飞瀑

哪里美丽，就向哪里俯瞰

哪里自由，就在哪里降落

我愿意降落在

每一座山峰

每一个浪尖

人类从洞穴中走出，花费了上百万年的时间

蒙古利亚人跨过白令海峡，历时五百年

凡尔纳八十天环游地球——曾是多么疯狂的幻想

候鸟亘古不变的迁徙，一年只有一次往返的机会

而我，无须几个时日，即可完成

玄奘、马可·波罗、哥伦布和麦哲伦的壮举

你愿意与我同行吗

或许，我的航班会颠簸、会延误

不过，每一次登机

都是一次新的出发

一切都可以重新开始吗

是啊，有什么不可以重新开始呢

世界，我们一生只来一次

为什么不多安排几次飞行，多安排几处降落

东西、南北

昼夜、寒暑

阴晴、冷暖

聚散、离合

都可以浓缩在

同一段旅程　同一段人生

哪里美丽，就向哪里俯瞰

哪里自由，就在哪里降落

我想降落到好望角

去丈量天涯的尺度

我想降落到亚平宁和佛罗里达
去触摸一个个半岛的棱角

我想降落到基拉韦厄火山的山口
观赏宇宙大爆炸千载难逢的再现

我想降落到巴勒贝克、马丘比丘
探寻失落的文明
顺便整理一下或曾失落的情绪

我想降落到马尔克斯的家乡
在百年孤独中小住几日
然后，学上一段西班牙语的表达

我想降落到耶路撒冷的哭墙

在那儿，擦干最后一滴眼泪

我想降落到纳帕溪谷

收获如烟往事栽下的葡萄

品味似水流年酿出的相思

这个秋天，我想降落到马萨诸塞最古老的校园

参加这所学校第三百八十二个学年的开学盛典

你愿意与我同行吗

或许你就在什么地方等我呢

或许就在那座山峰

那个浪尖

地图之惑

2018.08.14

稍小一点的陆地，你称之为岛屿
稍大一点的岛屿，你称之为陆地

难道你想否认吗
所有陆地都是漂浮在海洋之上的孤岛

你用纷繁的国界画地为牢
可是，自然界本不存在这些粗暴的线条

无垠的大海，却被你画上了边界
你能否定位通天之塔的坐标

每一条海岸线都比我们度假的海滩要弯曲许多
每一条经纬线都比我们的想象要规则许多

你能测算出任意两个地点之间的准确距离

但无法标注两点之间转圜所需耗费的时间

你能不能告诉我

梦的地址究竟在哪里

你能不能告诉我

浪迹天涯的游子何时才能回家

偌大的地图竟然没有天空的位置

一如神秘的星图从来没有我的位置

初秋

2018.08.21

日子一旦过去
就显得那么遥远
即便上一秒
已是白驹过隙，触不可及
昨天，前天，上个月，去年，前年……
更是与白垩纪、冰川纪一起
汇入了逝者如斯的怅惋

时钟的齿轮转动地球
初秋已然淡忘了仲夏的哀愁
很难想象你曾立于滚滚的洪流
回首，瞭望，前瞻，回眸
永不停歇的冲刷
经年累月的沉沙
堆积成历史关口的三角洲

三角洲，大地的肌肉

空中俯瞰，却如一片柔弱的树叶

飘落在河的尽头

记忆的纤维如叶脉一样奔走

一叶知秋

记忆的森林里，海量的绿叶

在末日来临之前，变身黄金和火球

灿烂着、燃烧着

飘然走进下一组镜头

每到这个季节，都有一种担忧

需要从回收站中捡回

一段段删除的心动

数据量如此巨大

需要用一行行诗去标注每一幕场景

但是，一个轮回之后

似曾相识燕归来

所以，今后别再去问 ——

物换星移几度秋

茶马古道

2018.08.31

你是茶马古道上一匹羸弱的马
背负着人类的交易和算计
成本和利润都要运走，沉重而易碎
镜头，上下、左右，不停地摇晃
对焦、失焦、调焦，聚焦、再聚焦
总是无法对准，你已然放大的瞳孔和

瞳孔里已然缩小的雪山的轮廓
始终无法定格，画面过于颠簸
快门喘着粗气，不停地开合
终于捕捉到你的汗珠 —— 在阳光下
反射出乌金一样的光，如深潭中
阴森植被的漆黑倒影 —— 滴落在

苍山洱海之间、如蛇的
身躯一样扭曲的山径上
你的步伐，渐渐从矫健过渡到趔趄
路只与你的身体等宽，但你的
四蹄总能战栗地躲过
悬崖、深谷，其实

你并不认识路途，更不知道哪是终点
前行、加速，皮鞭是你全程的指引
如果前面有河，可能就有一次畅饮
如果前面有林，可能就有一次小憩
如果遇到一个集市，注定又是一番加载
如果遇到一座高山，注定又是一轮受难

西部，为什么离太阳更近，离目标更远
想着想着，你愤怒地排出粪便，那是
一坨坨微缩的山峦，线条的蜿蜒恰似
茶马古道在高原穿行的轨迹，这代表着
你的所得、你的咀嚼，你的思考通过
胃肠的隧道，得出最后的结论——

这就是茶马古道的味道，这丝丝热气
是茶马古道独特的生命体征，此时
太阳也累了，这是今天最后的驿站
卸下货物，镜头与你的目光对视
镜头看到了你眼球的转动
听到了你内心破碎的声响

马厩外，篝火点亮了山寨

牲畜在屠刀下哀嚎

淋血的鲜肉在烈火中煎烤

刀，娴熟地割断鸡的喉咙

鲜血四溅，流入浑浊的米酒

没有神庙，没有祷告

火是今夜唯一的图腾

这是一个拜火的民族

这是一个嗜血的部落，然而

酩酊的喧闹、歃血的狂欢
与你无关，铁匠从炉中为你
取出红彤彤的全新的马掌
黑夜为你戴上厚厚的眼罩
镜头回放一天所有的影像
放大、静帧，这才发现

你的汗水是红色的，如同
遥远的中亚草原上驰骋的
战驹，看清了吗？
那是透过张突的血管看到的
血的颜色

红杉树

2018.09.10

为什么红杉树都长在山顶
离天空最近的地方
是不是因为高山太矮，摸不到云海

仰望天空，分不清树冠和云彩
云彩是不是红杉树在天河的倒影
红杉树是不是云彩在大地的情郎

东太平洋送来徐徐微风，红杉树与云彩热烈拥吻
为什么红杉树一定要在树洞里留下我的脚印
是不是有一天，它们会变成云彩的化石

是谁修了这条漫长的盘山路，引我到山顶
下山的时候，能否让我驻足山坡上的酒庄
我想看看葡萄成熟之后的结果

写诗

2018.09.11

一丝闪念

和笔一起

放在纸上

轻描淡写

一瓣柠檬

点亮一杯酽茶

书桌上还摆着

一盏台灯一碗浓墨

一缕微风

在窗外徘徊了多年

终于等到窗开

翻动我的思绪

一头猫头鹰

戴着金色的面具

操着陌生部落的语言

四处张望

一部童话

疯狂的构思

骗走了我的魔方和飞镖

今夜，倦鸟归巢

一声钟鸣

赋　比　兴

打破了宿命的节奏

远山颤抖

一颗陨石

出发时并不知道

最终的目标在哪

划破了夜空和我的稿纸

一条江

怀抱着我的船桨

找不到恰当的表情

欲言又止

岷江印象

岷江　　2018.09.21

故乡的水

属于父辈的河

从小长在北方，对它

早已疏远

没什么印象

只记得山青水绿

和北京不一样

只记得那年回去

在江心的小船上

吃到最鲜美的水煮鱼

岷江

一幅寥寥几笔的速写

一幅木版水印的丝画

岷江

故乡的水

属于苏东坡的河

从小长在北方，对它

早已疏远

没什么印象

今天想起

心中泛起一片蒙蒙的雨雾

岷江

一幅浅浅的水彩

一幅淡淡的写意

算不上乡愁

可这又是一种怎样的忧愁啊？

舀一瓢岷江的水

里面摇晃着乐山大佛的倒影

一半倒进长江

和金顶的余晖一起流入外海

一半倒入酒盅

和淳淳的乡音一起流入血脉

江上的渔翁

曾是懵懂的少年……

松花江

2018.09.27

松花江流淌的是水吗
比长江水更凉，似某种金属的体温
松花江流淌的是泪吗
比泪水更充沛，比泪水更深沉
松花江流淌的到底是什么
比黄河水更清，比海水更静
啊，是水，我看到了水特有的波纹

受伤的沙鸥，蛰伏在冰雪的领地
多少个夜晚，枕着松花江的臂弯
酣睡中，不知转过了多少道水湾
醒来，雾从江面升起
朝霞灼烧，黄昏滴血
黑土地裂开一道簇新的伤疤
河道向前匍匐

无数嘴巴、耳朵、头颅和臂膀
随波逐流

眼睛，却留在远方的海上
浪花，淹没了脚跟和船舷
沙鸥变成一名冒失的水手
头发幻化成旗帜，在甲板上空飞扬
掠过稻穗和树梢，唤醒了飞的感觉
江水，默默流逝
胎记，隐隐作痛

第一场雪（2018）

2018.10.29

不是桑蚕的

丝蕊

是蜻蜓的

羽翼

不是烦人的

柳絮

是栀子的

花瓣

纷纷扬扬

款款而降

洋洋洒洒

弥漫天地

模糊了

阳光和

视线

这分明是天堂里散落的

诗稿的碎片

谁在吟咏

谁在叹息

又是谁——

撕碎了它

拉上窗帘

一个人的晚餐

省略了风景

杯盏

和你最爱的甜点

吞下撒在伤口上的盐

咸涩的味道

在保质期里哭喊

为什么你比去年

早来了几天

为什么如此急迫

如此……

像第一次约会

像初恋

像吱吱作响的

昆明湖的冰面

我们把脸颊贴在一起

把手伸进同一个口袋

彼此融化，冬天

假如冬天可以像昨天，像从前

像火一样点燃

初雪，总是初恋的样子

轻盈飞舞，仿佛晨曦中

弥蒙的岚烟

忽明忽暗

2018.11.15

回眸，猛然看见自己的身影
忽明忽暗，一个接一个走来
那是一个遥远的地方吗
雨寻觅归宿，云的故乡在哪儿

天地间，一段旅程，曾记否
长城脚下，落英缤纷
城南湖畔，草木深深
还记得，闸门打开，湍流浩荡
身体与桥一起漂移
从此，认识了远方，风月无边

黑云重压的城，曾经笙歌鼎沸
曾经人头攒动，曾经听到豺狼的笑声
阴郁的山岭，向北

雪堆积成一种纬度，淹没了海拔
覆雪的峰顶遇到海，杯弓蛇影

快马加鞭，草原保留着天空
天空保留着大海
大海保留着初始的地址
波涛汹涌地盛开，一朵朵云
忽明忽暗，簇拥着岸

斗转参横，关山迢递
待何时，光风霁月，仰天高歌
让鸟飞起来，让哭笑起来……

招手

2018.11.25

招手

施展一种语言

应者如云

如一段旷日的传说

萌动

青翠的山峰

仍在以看不见的速度

追逐顶点

湖水

总想澄清什么

却总也挡不住

风雨交加的迷蒙

不要责怪我

像山一样滞留

马拉松最后一公里的呼吸

逼近变奏

不要告诉我

此刻的时辰

是的，岁月有痕

但苍天不老

青稞酒

2018.12.13

是的，我去过西藏

不是梦中，是一次真实的旅行

昏睡——听着布达拉宫的暮鼓和晨钟

却没有注意夜空中飘过的神迹

迷幻——摇曳的经幡用尽所有色彩装点雪山的风

我却如风般匆匆而过

恍惚——记住了喜马拉雅一座座山峰的标高

却没有记录不同海拔不同的心跳

沉静——纳木错的水，映着天堂的淳美

却忘了在天堂里许个愿，种下一颗凡间的种子

穿越——从日喀则到樟木，从极地严寒到热带雨林

垂直气候带上一日历经四季，仿佛一日走过一生

却没有在这场轮回中坐禅冥想

是的，我去过西藏

但不知为什么，一路上竟错过品尝青稞酒

疏忽还是刻意？

错过——意味着拒绝，还是放弃？

是的，我去过西藏

但至今不知道青稞酒的味道，除了酒精的威力

它是否还有一种异域的粗犷和质朴，出人意料

疑惑——它是像雪域的云一样厚重

还是像高原的阳光一样浓郁

它如何在稀薄的空气中萃取天地之菁华

是的，我去过西藏，但错过了青稞酒

如果旅程像生命一样只有一次

是不是应该咽下这杯酒

不要错过

我的诗里没有句号

2018.12.17

我的诗里

有山长水阔

天地悠悠

有云蒸霞蔚

烟雨蒙蒙

有几多兴废

春去春又来

有魂牵梦绕

人鬼情未了

有春风得意

有万里悲秋

有杏花寒

有梨花开

有朦胧

和悸动

有落叶

和羽毛

有空格

和逗号

有呼吸

和停顿

有疑问

和省略

唯独

没有

句号

无

终

无

止

速写

2019.02.12

风暴过后

你岿然不动

脊梁

像峭壁一样笔直

谁能看出

这是山崩地裂

之后的矗立

你目光如水

收纳

一切打击

报之以舒缓的涟漪

谁能看出

这是惊涛骇浪

之后的静寂

你总是这样微笑

从认识你的第一天

到你走出这场游戏

你不厌其烦地捡起

每一个被弄脏的日子

认真洗涤

然后一一叠好

干干净净

整整齐齐

不让黑暗留下任何污渍

你把时光雕刻成

无限光明的晶体

谁能看出

黑暗曾经降临

就在你的头顶

就要把你吞噬

你是一尊行走的佛

你的微笑

是一种仁慈

世间万象从你眼前掠过

你平静如初

终始如一

阅尽人间百态

直面

畅通无阻的卑鄙

谁能看出

你的微笑

同时也是一种鄙夷

你不是马丁·路德·金

不是圣雄甘地

但你同样会用微笑去呼吸

会用微笑去逆袭

谁能看见

你于无声处

引爆的惊雷

撕开夜幕

让一线春光

莅临大地

巴黎圣母院大火

2019.04.18

警笛声声，穿透鸟儿的心脏

射向远方的眼眸

最接近天堂的塔尖，倏然坍塌

我与法兰西一起哭泣

加西莫多，他的面孔、他的呼喊、他的钟楼

在滚滚浓烟中，清晰若现

究竟发生了什么，快告诉雨果——

啊，维克多看到了

他放下手中的咖啡杯，起身瞭望……

塞纳河，平静如常

她目睹过太多的火光

见证过太多次浴火重生

哦，没有流血——这不是一场革命

马克龙宣布将在五年内修复巴黎圣母院

五年啊——是谁给他判了五年有期徒刑

“2019年失火

2024年修复”

——这就是未来的编年史？

一树繁花

2019.05.16

谁

单单栽下

这么一棵

孤零零的丁香

什么时候

无垠的荒野中

单单绽放出

这么一树

锦簇的花团

宏观的荒芜

微观的繁盛

碰撞出多少意外的忧愁

或许

时机还不成熟

一枚枚星火

正在窗外

等候

雨

天空足够高远

2019.08.18

以至于每一滴雨的到来都历尽艰辛

意义非凡

别用漂亮的伞去阻挡这些天上来客

不要开疆拓土，拦河筑坝

试图囚禁这些穿梭于天地之间的精灵

每一滴雨

都是一个细胞

或是一个字节

那些从来不曾祈祷的人

根本无法读懂上天的意旨

暖冬

这几天，气温升高，正接近家乡的温度 2019.10.25

反常吗？正常吗？

我在太阳的右侧，银河的左岸，溪水的拐弯处

我在马背之上，颠簸之中，我与失血的黄昏分道扬镳

争取躲过这里的第一场雪，争取赶上家乡的第一场雪

我在狼群的眼里，背道而驰

深夜读诗

2019.11.05

我不能说出每一种花的名字

就像不能识别出每一种鸟儿

一本本精装的字典

试图表述世间万物

而我需要的是一场洪水

我需要中文、英文、德文、法文，所有

象形的、表意的、拼音的……

繁体的、简体的……

大写的、小写的……

一切承载过深邃思想和精妙构思的文字

在我的脑海中冲刷出一片浅滩

沙，笨拙地用名词去指代浪花和海鸥
它们旋即飞逝
而此时所有的动词和形容词
都显得非常尴尬

深夜读诗
发现北岛舒婷海德格尔粉碎了概念
把时光研磨成香浓的咖啡
用文字敲击出穿透时空的回响
把浪花和海鸥唤回人间

致 谢

李 勇

2020 年 7 月 11 日

北京

今天，人们在公众场合仍然戴着口罩——刚刚来到这个世界的婴儿一定会以为人类本来就是这副模样——这绝不是我们曾经想象过的 21 世纪的图景。就在新冠肺炎疫情暴发之前，人们还在讨论人工智能会不会取代人类司机、银行经理、律师之类的问题，当我们突然发现人类仍然面临着比这严峻得多、现实得多的危机时，我们每个人都需要从机械忙碌的状态回归到心灵静寂的时刻。

音乐、绘画、戏剧、电影、文学、诗歌是人类永恒的精神家园，希望每个人都不要走远。

在这本诗集面世的时候，首先要感谢我的父亲母亲，感谢你们在给予我生命的同时，还给了我一个宽广、澄明的内心世界。感谢全家每一个人对我的无限关爱和巨大付出，谢谢你们给我启迪、希望和力量。

给我亲情般力量的，还有许许多多同事和朋友。谢谢你们无时不在的关怀和历久弥新的情义！因为名单太长，恕我不能在此一一列出你们的名字，你们的名字连同你们的恩情将永远保存在我心中最温暖的位置。

很多好友为这本诗集的出版付出了心血。世纪云鼎品牌咨询公司董事长熊波以及艺术家董小庄、艾民和资深媒体人杨平、粟国祥……没有你们就没有这本书今天的呈现。感谢王利芬、罗振宇、郎永淳、长啸、赵普、熊波、余敬中等诸位好友为本书撰写的热情洋溢的评论。

这些平常的汉字能变幻成这么一本雅致的小书，要归功于作家出版社编辑杨兵兵先生、后声文化图书设计师张今亮先生的出色工作。这让我再一次坚信，专业是一种力量。谢谢你们！

最后，还要特别感谢远在大洋彼岸的女儿，你的画作为这本书增添了色彩，更增添了生机。

谢谢你们，每一位手上捧着这本诗集的人。

图书在版编目（CIP）数据

就像一场雨，路过人间 / 李勇著 . — 北京：作家出版社，2020. 12

ISBN 978-7-5212-1159-7

Ⅰ . ①就… Ⅱ . ①李… Ⅲ . ①诗集 - 中国 - 当代 Ⅳ . ① I227

中国版本图书馆 CIP 数据核字（2020）第 205934 号

就像一场雨，路过人间

作　　者： 李　勇
责任编辑： 杨兵兵
装帧设计： 今亮后声 HOPESOUND pankouyugu@163.com
出版发行： 作家出版社有限公司
社　　址： 北京农展馆南里 10 号　　**邮编：** 100125
电话传真： 86-10-65067186（发行中心及邮购部）
86-10-65004079（总编室）
E-mail:zuojia@zuojia.net.cn
http://www.zuojiachubanshe.com
印　　刷： 北京盛通印刷股份有限公司
成品尺寸： 130×210
字　　数： 143 千
印　　张： 11.75
版　　次： 2020 年 12 月第 1 版
印　　次： 2020 年 12 月第 1 次印刷
ISBN 978-7-5212-1159-7
定　　价： 68.00 元